Taufiq al-Hakim   Staatsanwalt unter Fellachen

Zu diesem Buch

Der Staatsanwalt einer Kleinstadt im Nildelta wird eines Nachts aus dem Schlaf gerissen: ein Fellache ist ermordet worden, der eifersüchtig wachende Vormund der schönen Rim, wie sich später herausstellt. Mit seinem ganzen Troß von Verwaltungsbeamten und Gendarmen begibt er sich zum Tatort. Unterwegs nehmen sie den vagabundierenden Scheich Usfur mit, eine rätselhafte Existenz, die sich leidenschaftlich für alle Justizfälle interessiert. Seine mystische Intuition ahnt auch dort noch Spuren, wo keine Indizien mehr sichtbar sind. Der Kriminalfall bleibt ungelöst, er ist nur der Anlaß, der Rahmen für diesen klassisch gewordenen Gesellschaftsroman.

In farbigen, oft drastisch-komischen, dann wieder nachdenklichen Szenen wird das Gefüge einer Kleinstadt sichtbar. Honoratioren, Exzellenzen und Vagabunden treten auf, Rationalisten, Mystiker und Opportunisten. Am Fuß der sozialen Pyramide die Fellachen, gebeugt und gedrückt wie seit Jahrtausenden. Dazwischen der tagebuchschreibende Staatsanwalt, hin- und hergerissen zwischen Einsicht und dem Zwang der Bürokratie, die nur noch ihren eigenen Gesetzen gehorcht.

Aus eigenen Erfahrungen hat al-Hakim hier ein Plädoyer für mehr Achtung vor dem Menschen gestaltet.

Taufiq al-Hakim, um 1898 in Alexandria geboren, gilt als einer der bedeutendsten Autoren und Erneuerer der arabischen Literatur. Seit 1939 ist er neben der schriftstellerischen Arbeit auch im Bildungs- und Kulturwesen aktiv, zuletzt als Vertreter Ägyptens bei der UNESCO.

Taufiq al-Hakim

Staatsanwalt unter Fellachen

Roman aus Ägypten

Aus dem Arabischen von
Horst Lothar Teweleit

Nachwort von
Arnold Hottinger

Unionsverlag

Dialog Dritte Welt

Titel des arabischen Originals:
Jaumiat naib fi-l-ariaf

CH-8008 Zürich
mit freundlicher Genehmigung von
Rütten & Loening, Berlin

Lektorat: Dieter Zeller
Umschlaggestaltung: Alex Wick
Umschlagfoto von Fred Maroon,
aus: »Ägypten«, Reich Verlag Luzern.
Gesamtherstellung: Steidl, Göttingen

CIP-Kurztitelaufnahme der Deutschen Bibliothek
Hakim, Taufiq al- : Staatsanwalt unter Fellachen
Roman aus Ägypten / Taufiq al-Hakim.
Aus d. Arab. von Horst Lothar Teweleit.
Nachw. von Arnold Hottinger. – Zürich :
Unionsverlag, 1982. (Dialog Dritte Welt ; 3)
ISBN 3-293-00030-4
NE: GT

Warum trage ich meine Erlebnisse in ein Tagebuch ein? Weil es ein einfaches Leben ist? Keineswegs! Wer ein einfaches Leben führt, schreibt es nicht auf, er lebt es. Ich lebe auf engem Raum mit der Ungesetzlichkeit, die meine Gefährtin, meine Gemahlin geworden ist, und Tag für Tag blicke ich ihr ins Gesicht. Unter vier Augen vermag ich nicht mit ihr zu reden, aber hier, in diesen Tagebuchaufzeichnungen, zwinge ich mich, von ihr zu sprechen und von mir und von allen Geschöpfen.

Oh, ihr Blätter, die ihr nie ans Licht des Tages dringen werdet, ihr seid nichts anderes als ein geöffnetes Fenster, durch das in Stunden der Bedrängnis mein freies Urteil entweicht.

11. Oktober

Gestern abend ging ich zeitig zu Bett, ich spürte wieder jenes Brennen in der Kehle, das mich jetzt hin und wieder befällt. Ich wickelte mir also ein Wolltuch um den Hals, bestückte mit einem alten Käsebrocken die drei Mausefallen, die ich um mein Bett gelegt hatte wie Treibminen, die einem Rotkreuzschiff Schutz bieten sollen. Dann löschte ich die Petroleumfunzel, schloß die Augen und betete zu Allah, er möge in unserem Landkreis die menschlichen Instinkte ein paar Stunden schlafen und kein Delikt geschehen lassen, das mich bei meiner Unpäßlichkeit in der Nacht aus dem Bett jagen könnte. Doch kaum hatte ich mein Haupt in den Kissen und ruhte wie ein Stein, als mich die Stimme des Gendarmen hochfahren ließ. Er schlug wie toll gegen die Tür und schrie meinem Diener zu: »Aufgewacht, Dassuki!«

Sogleich begriff ich: etwas mußte sich ereignet haben, die Instinkte hatten also nicht geschlafen, wie ich es selbst gern getan hätte. Ich erhob mich, zündete die Lampe an, mein Diener kam ins Zimmer gelaufen, rieb sich mit der einen Hand die Augen, und mit der anderen überreichte er mir eine »Telefonische Benachrichtigung«. Ich trat mit dem Papier ans Licht und las:

Heute abend, acht Uhr, wurde ein Mann namens Kamar ad-Daula Ulwan unweit der Kreisgrenze beim Überqueren einer Brücke angeschossen. Der Schuß wurde aus einer Zuckerplantage abgegeben. Der Täter ist unbekannt. Der Verwundete konnte nicht vernommen werden, sein Zustand ist ernst. Anwesenheit der Staatsanwaltschaft und Protokollaufnahme erforderlich.

Der Gemeindevorsteher

Nicht so schlimm, sagte ich mir, ein simpler Fall, der mich höchstens zwei Stunden in Anspruch nehmen wird. Den Täter kennt man nicht, der Angeschossene spricht kein Wort, der einzige Zeuge ist unverdächtig: es ist der dortige Dorfwächter, der den Schuß gehört hat und sich ängstlich und zögernd dem Tatort genähert haben muß, natürlich mit dem Erfolg, nur noch den Körper, welcher der Länge nach dalag, und sonst nichts vorzufinden. Und dann der Gemeindevorsteher, der mir bei seinem Leben schwören wird, daß der Verbrecher nicht aus seinem Dorf stamme. Die Familie des Betroffenen wird mir alles verheimlichen, um selbst Blutrache zu üben.

Ich fragte meinen Diener, wie spät es sei, und schrieb unter die Benachrichtigung: *Eingang zehn Uhr. Wir machen uns zur Einleitung der Einvernahme auf den Weg.*

Schnell wie die Feuerwehr schlüpfte ich in die Kleider und schickte nach dem Protokollschreiber und dem Wagen der Staatsanwaltschaft. Ich ließ auch meinen neuen Assessor wecken, einen netten jungen Mann, der erst vor kurzem zu uns gekommen war, denn er hatte gebeten, mich bei Kriminalfällen begleiten zu dürfen, um praktische Erfahrung zu sammeln.

Vor der Tür hörte ich schon das Hupen des Kreisautos, eines Ford-Transportwagens, mit dem der Präfekt, der Inspektor und ein paar Soldaten eingetroffen waren. Ich ging hinunter und fand alles zum Aufbruch bereit, nur der Protokollführer fehlte noch. Das erstaunte mich allerdings nicht, denn verspätete ich mich irgendwann bei der Untersuchung eines Falls, ganz gleich in welchem Ort oder Kreis, stets war ein Schreiber daran schuld. Ich fragte also den Gendarmen: »Bist du auch sicher, daß du Said Efendi geweckt hast?«

Im Dunkel vernahm ich das Geräusch eines Stiefels, der auf den Boden stampfte, und sah eine Hand zum Gruß an eine hohe Filzmütze mit Kupferplakette fahren und einen Mund sich unter einem großen schwarzen Schnurrbart bewegen wie bei einem Kater: »Er hat sich vor meinen Augen sein Hemd angezogen, Exzellenz.«

Wir beschlossen, am Haus des Schreibers vorbeizufahren und ihn abzuholen. Ich nahm mit meinem Assessor und dem Präfekten im Staatsanwaltsauto Platz. Wir fuhren zu einem alten Haus am äußersten Ende der Ortschaft. Der Gendarm, der auf dem Trittbrett mitgefahren war, um uns den Weg zu zeigen, schrie: »Komm runter, Said Efendi!«

Da steckte der Schreiber im Nachthemd den Kopf aus einem Fensterchen: »Ist was los?«

»Es ist geschossen worden!« rief der Gendarm in die Höhe.

Ich merkte, wie sich die Hand des Präfekten zum Wagenfenster hinausschob und dem Gendarmen einen Klaps auf den Hinterkopf gab. »Gendarm, du Hundesohn! Vor deinen Augen, du ... hat er sich sein Hemd angezogen?«

»Bei Ihrem Haupte, vor meinen Augen ...«

Ich hielt es für unzweckmäßig, diese Sache in allen Einzelheiten zu erörtern, denn eins konnte nur stimmen: entweder vermochte der Gendarm ein Nachthemd nicht von einem Taghemd zu unterscheiden, was nicht verwunderlich ist, oder Said Efendi hatte sein Taghemd wieder ausgezogen und sich noch einmal hingelegt, was ebenfalls nicht verwunderlich ist. Nun war ich ja offiziell ohnehin allein verantwortlich für diese Verzögerung. Mit Said Efendi lange zu disputieren hätte auch keinen anderen Nutzen gehabt, als daß mir der Kopf gedröhnt hätte, und in dieser Nacht bedurfte es eines jeden: ich selbst brauchte vor allem Schonung und mußte meine Kräfte und Worte für den wirklichen Fall aufsparen, der unser aller Einsatz erforderte. Die Mattigkeit ließ auch nicht auf sich warten, sie beschlich meine Glieder. Ich lehnte also den Kopf in eine Ecke des Wagens und sagte zu meinen Begleitern: »Der Tatort ist etwa dreißig Kilometer entfernt, ich will versuchen, unterwegs noch ein wenig zu schlummern.«

Ich schloß die Augen. Unser Auto fuhr los, vom Fordwagen gefolgt, in dem der Schreiber, der Inspektor, der Polizeioffizier und die Soldaten saßen.

Kaum hatten wir den Ort hinter uns, als wir in tiefer Nacht eine Stimme singen hörten. Der Präfekt steckte sogleich den

Kopf aus dem Fenster und rief: »Inspektor, wir haben nicht an Scheich Usfur gedacht!«

Die Karawane hielt an, und aus dem Rohrdickicht am Wegesrand stieg die Stimme vernehmbar empor.

»... und die Wimpern der Geliebten
decken ein ganzes Feld.«

Der Inspektor schrie hastig: »Steig ein, steig ein, Scheich Usfur, es ist was passiert!«

Da erschien jener wunderliche Mensch, der Tag und Nacht herumstreicht, der den Schlaf nicht kennt, Lieder singt, unzusammenhängende Silben formt und wahrsagt, und die Leute hören ihm bereitwillig zu. Doch seine größte Freude ist es, mit dem Staatsanwalt und der Polizei überall dort zu sein, wo etwas vorgefallen ist. Kaum hört er auch nur von fern die Hupe des Fordwagens, so folgt er ihm, gleichgültig wohin, wie ein Hund seinem Herrn auf die Jagd. Warum all das? Ich habe mir schon oftmals die Frage nach dem Geheimnis gestellt, das dieser Mann mit sich herumschleppt. Er kam an den Ford heran und sagte vorwurfsvoll: «Ihr habt ohne mich fahren wollen?«

Der Polizeioffizier antwortete lächelnd: »Aber nein! Hätten wir deine Adresse gewußt, wäre dir eine Benachrichtigung zugestellt worden.«

»Na schön. Gib eine Zigarette her!«

Der Polizeioffizier gab ihm schnell einen Wink und zischelte: »Still! Der Präfekt hört es.«

Aber der Scheich ließ nicht locker. »Gib eine Zigarette, Hauptsergeant, mir ist heut nacht ganz blümerant.« Damit bestieg er den Transportwagen, als wäre es ein Rolls Royce; doch zuvor hatte er sich aus dem Gebüsch eine grüne Gerte abgeknickt, die er wie ein Zepter in der Hand trug.

Die beiden Wagen fuhren weiter durch die Felder. In nächtlicher Ruhe lag die Natur, bis auf das Froschgequake und Insektensummen waren alle Geräusche verstummt, und aus dem Innern des Fords tönte der Singsang des Scheichs. Mich hatte jene Schläfrigkeit befallen, die ich immer verspürte, wenn es zu einer Untersuchung geht, ein leichter Schlummer, der mir manchmal sogar gestattet, zu hören, was um mich herum gesprochen wird. Mein Assessor saß mir zur Linken, hellwach, Spannung zeichnete sich auf seinem Gesicht ab, er wollte unbedingt alles erfahren, und nur die Angst, er könne mir lästig werden, legte ihm Zurückhaltung auf. Er wandte sich an den Präfekten, der auf der anderen Seite saß, und bald hatten sich beide in ein endloses Gespräch vertieft, das ich nicht lange verfolgte, denn es war gerade das rechte Mittel, mich für die Dauer der Fahrt in festen Schlaf zu wiegen.

Als das Auto nach einiger Zeit anhielt, wurde ich munter. Ich öffnete die Augen und sah, daß wir an ein Wasser gekommen waren und schon von einer Fähre erwartet wurden, die uns an das andere Ufer bringen sollte. Wir stiegen aus und quetschten uns alle auf die Fähre, als wären wir Schiffbrüchige in einem Rettungsboot oder eine Ladung hoher Tonkrüge auf einer oberägyptischen Barke. Wir setzten über, und in der Stille der Nacht hörten wir nur die Ketten der Fähre, die ins Wasser plumpsten, wir sahen nichts, gar nichts, so undurchdringlich war die Dunkelheit. Kaum hatten wir wieder Boden unter den Füßen, da vernahmen wir Gewieher: vor uns standen die Pferde des Gendarmeriepostens und die Esel des Dorfvorstehers, um uns an den Ort der Untat zu tragen.

Und was für Pferde! Voller Respekt vor meiner Amtsgewalt näherte sich mir einer der Soldaten mit einem Reittier, das einhertänzelte und mit den Hufen den Boden abtastete. Erst als ich es bestiegen hatte, beruhigte es sich etwas. Mir wurde klar, daß ich unweigerlich einen Sturz machen würde. Wie oft fehlte nicht viel, und ich wäre von diesem schwankenden Gipfel hinabgeglitten, den eigentlich ein geschickter Reiter und nicht ein Reisender im Halbschlaf hätte dirigieren müssen! Wie oft war ich soweit, nach einem friedlichen Esel zu verlangen! Aber als ich mich umdrehte, bemerkte ich, daß alle hochgestellten Persönlichkeiten der Karawane zu Pferd waren und die Esel nur das niedere Pack tragen sollten. Ich schämte mich, von meinem Tier abzusteigen und mich auf die gleiche Stufe mit Scheich Usfur zu begeben, der auf einem kräftigen Esel einherritt, den er mit seinem grünen Zepter anspornte, um dicht hinter den Pferden zu bleiben.

So ergab ich mich dem Willen Allahs, ritt weiter in der Vorhut mit, vor Furcht und Müdigkeit klappernd, bis mir der Schlummer die Augen zudrückte und ich schließlich nichts mehr merkte. Bald fand ich mich jedoch von der Höhe des Pferdes Hals über Kopf hinunterbefördert: es hatte mich, als es über einen Graben setzte, höchst unsanft abgeworfen. Ich sagte mir: Ich hab's ja geahnt, das mußte so kommen! Dem Gendarmen, der mein Pferd am Steigbügel festhielt, schrie ich zu: »Das Pferd, Gendarm, das Pferd!«

Der ganze Zug hielt an. Es gab ein Durcheinander, der Präfekt schimpfte unentwegt auf seine Leute ein, es hagelte Flüche, Schläge und Befehle. Mich setzte man wieder auf den Rücken des Tieres, wobei ich, in der Absicht, meine Verlegenheit zu verbergen, bemerkte: »Sicherlich ist das Pferd im Trott eingeschlafen, oder es hat vor einem flüchtenden Fuchs gescheut und sich aufgebäumt. Auf jeden Fall«, sagte ich, zum Gendarmen gewandt, »halte die Zügel fest!«

Zwei Gendarmen ergriffen die Zügel und begleiteten mich, ganz sacht, ganz behutsam und im Gleichschritt, der mich wieder in Schlaf sinken ließ.

Ich wachte erst an Ort und Stelle wieder auf. Kaum hatte ich das Licht der Fackeln und Lampen in den Händen der Dorfbewohner, die das Opfer umstanden, erblickt, da war mir die Müdigkeit aus dem Kopf gewichen, wie die Fledermaus den ersten Schimmer des Lichtes flieht. Eilig kletterte ich von der Höhe des Pferdes hinunter und bahnte mir einen Weg durch die Menschen, die sich zuflüsterten: »Der Staatsanwalt ist da.«

Ich trat an den Körper heran, der ausgestreckt auf dem Boden lag. Als ich in das von Schmutz und Blut verschmierte Gesicht blickte, begriff ich sofort: der Mann da konnte nicht sprechen. Ich sah den Offizier des Gendarmeriepostens, der mit der Abfassung seines Berichtes alle Hände voll zu tun hatte, um den ich mich aber nicht im geringsten zu kümmern brauchte, denn wenn die Staatsanwaltschaft erscheint, muß alles von neuem aufgenommen werden.

Es begann also die Protokollaufnahme, zunächst mit den Aussagen von Augenzeugen. Der Schreiber griff nach Papier und Feder, nahm neben mir Platz, und ich fing an, die üblichen Sätze zu diktieren.

Ich, soundso mit Namen, Beauftragter der Staatsanwaltschaft, und Soundso, Protokollführer, wurden am Soundsovielten abends um soundsoviel Uhr mit telefonischer Benachrichtigung Nummer soundso von folgendem in Kenntnis gesetzt: ... (Zitat des Wortlauts.) Demzufolge haben wir uns per Automobil nach der Ortschaft Soundso begeben, wo beim Eintreffen sogleich das nachfolgende Protokoll eröffnet wurde, und so weiter und so weiter.

Ich habe auf die Abfassung meiner Berichte stets peinliche Sorgfalt verwandt und ihnen einen logischen Aufbau gegeben, weil ein Bericht in den Augen der Vorgesetzten alles bedeutet: er ist der einzige Beweis, der von der Gewissenhaftigkeit und Geschicklichkeit eines Staatsanwalts Zeugnis ablegt. Den Verbrecher zu ermitteln, das beschäftigt eigentlich keinen.

Im Protokoll muß auf die Einleitung die Beschreibung der Wunde, der Kleidung und des Ortes folgen, an dem der Verletzte aufgefunden worden ist. Nichts ließen wir außer acht.

Ich diktierte dem Schreiber die Merkmale der Wunde, die im Rücken des Opfers klaffte und die mir von einem Schuß aus nicht allzu großer Entfernung herzurühren schien, denn das Fleisch war zerfetzt, und das Blut floß in Strömen. Wir gaben eine minuziöse Beschreibung des Gesichtes, das einem Mann um die Vierzig gehörte und eigentlich recht schön, von einer bäuerlichen Schönheit war, voller Männlichkeit, Gesundheit und Kraft. Wir vermerkten den oberhalb der Schläfe eintätowierten Vogel und die Farbe des Schnurrbartes, der ins Gelbliche spielte.

Dann nahmen wir die Kleidung auf, von der Mütze, dem Leinenkittel und dem Geldbeutel, der unangetastet geblieben war, bis zu der weißen Hose mit rotem Gürtel, wirklich, wir vergaßen nicht, den Gürtel anzugeben, und auch nicht dessen Webmuster. Solche Einzelheiten zu erwähnen gilt als Beweis für Genauigkeit und Eifer, und genau so haben wir die Aufsetzung von Berichten von Generation zu Generation gelernt. Ich erinnere mich: Einmal habe ich einen Verletzten in Todesnöten gelassen und mich an die Beschreibung seiner Hose, seines Gürtels seiner Filzpantoffeln und seiner Filzmütze gemacht, und als ich mich nach Beendigung all dieser Pflichten über ihn beugte, um ihn zu fragen, wer auf ihn geschossen habe, war er schon tot.

Wir vergaßen auch nicht, den Ort festzuhalten, einen schmalen Weg, zu dessen beiden Seiten sich Zuckerrohrpflanzungen erstreckten, eigentlich nichts Verwunderliches, denn jede Art von landwirtschaftlichem Anbau bringt eine ganz bestimmte Kategorie von Verbrechen hervor. Schießen Mais und Zuckerrohr in die Höhe, ist die Jahreszeit für den Mord mit der Feuerwaffe gekommen, reifen Getreide und Futter, dann treten die Brände auf, die mit leeren und trockenen, benzingetränkten Maiskolben verursacht werden, und wenn die Baumwolle grünt, häufen sich die Fälle von Pflanzenausreißen und -beschädigen.

Nun waren wir mit diesem Verwundeten fertig, dessen Zustand uns nicht mehr zu beschäftigen hatte, sobald alle notwendigen Formalitäten erfüllt waren. Wir ließen ihn unter dem Schutz des Gendarmerieoffiziers liegen, bis die Sanitäter eintreffen und ihn ins Krankenhaus überführen würden.

Wir begaben uns auf das Gemeindeamt, wo uns der Kaffee schon erwartete. Ach du liebe Güte! Dorfvorsteher-Kaffee, ich nenne ihn immer nur Chloroform! Jedesmal, wenn ich ihn trank, hatte er auf mich die gegenteilige Wirkung, ohne daß ich sagen konnte warum. Ich wußte nur, daß ich eines Nachts gehört hatte, wie einer jener Gemeindevorsteher seinen Diener in unserer Gegenwart anschrie: »Mensch, bring uns Kaffee mit Bohnen!« Ich konnte mir aber nicht vorstellen, was Kaffee mit Bohnen sein sollte. Standen die »Bohnen« nur als Ausrufezeichen hinter dem Kaffee, oder sollten sie eine Geste der Gastfreundschaft und Ehrerbietung sein?

Jedenfalls hatte ich es bis zu diesem Tag nicht herausgefunden. Nun aber wurde es mir zur Gewißheit, daß dieses angehängte Wort, selbst wenn es als Bestandteil in den Satz einging, keinen Bestandteil des Kaffees bildete.

Im Empfangsraum nahmen wir auf einem Plüschsofa Platz, das seinen Plüsch und seine Farbe schon eingebüßt hatte. Der Schreiber breitete auf einem wackligen Tisch mit gesprungener Marmorplatte seine Papiere aus und entfaltete den Beweisaufnahmebogen unter einer mächtigen Petroleumlampe, um die herum es von Nachtinsekten summte und brummte. Ich rief mit lauter Stimme die Zeugen auf, und der Präfekt schrie zu meiner Unterstützung: »Los, Inspektor, trommle jetzt die Zeugen zusammen!« Damit ließ er sich in einen bequemen Sessel fallen, der in einer Ecke stand, woraus ich entnehmen konnte, daß nur noch Schlaf und Schnarchen folgen würden. Mein Assessor setzte sich neben mich und warf auf den ganzen Vorgang einen matten Blick, der verriet, daß die Müdigkeit in seinen Augen wie der Zephirwind im Blätterwerk zu spielen begann.

Zunächst brachten sie mir den Dorfgendarmen herein, der den Schuß gehört hatte und als erster an den Ort des Verbrechens gelaufen war. Er enttäuschte meine Erwartungen in nichts, außer daß er behauptete, er habe zwei Schüsse fallen hören, obwohl in der telefonischen Benachrichtigung von einem die Rede gewesen war, die Wunde nur von einem Schuß herrührte und alle Anwesenden übereinstimmend aussagten, daß man im Dorf nur einen vernommen habe. Was wollte dieser Mann also mit seiner Lüge? Ich weiß es nicht. Von dem Hauptproblem abgelenkt, hatten wir uns nun in die Erörterung um zwei Schüsse oder einen Schuß verstrickt.

Nochmals wurden alle vernommen, und jeder antwortete dasselbe: »Ein Schuß nur, Exzellenz!«

»Hörst du, Gendarm?«

»Zwei Schüsse, Exzellenz!«

»Ganz sicher?«

»Zwei Schüsse, Exzellenz!«

Jetzt war also die Untersuchung festgefahren, und wir waren bei der eigentlichen Schwierigkeit unseres Amtes angelangt. Ich kann verstehen, wenn ein Angeklagter lügt, denn das ist sein natürliches Recht, und nie habe ich kühn behaupten wollen, daß mir ein Angeklagter die Wahrheit sagt. Aber was bewegt einen Zeugen dazu, vor das Antlitz der Wahrheit einen Schleier der Ungewißheit und des Widerspruches zu breiten?

Das Verhör drang auf dunklen Wegen vor, ohne Hoffnung auf ein Ergebnis. Keiner kannte den Täter, niemand wurde von niemandem verdächtigt. Von dem Angeschossenen lebte im Dorf weiter kein Verwandter als seine Mutter. Sie war eine gelähmte und halbblinde alte Frau, die nicht mehr sprechen konnte. Seine Frau war vor zwei Jahren gestorben. Sie hatte ihm ein kleines Kind zurückgelassen, das natürlich nicht zur Vernehmung vorgeführt werden konnte. Kein Mensch brachte eine verständliche oder unverständliche Erklärung bei, keiner konnte sagen, ob zwischen dem Opfer und irgend jemand eine Feindschaft bestanden hatte, die zu diesem Verbrechen führen konnte. War aus der Hölle der Scheitan gefahren, um auf diesen Mann einen Schuß abzufeuern? Keiner wußte es. Es war genau so gekommen, wie ich es mir vorgestellt hatte. Sobald ich die telefonische Benachrichtigung gelesen hatte, wußte ich, es würde vergebliche Mühe sein. Konnte ich mit meinem Protokoll Leben in etwas hineintragen, das kein Leben in sich hat? Wenn mir die Zeugen nicht die Wahrheit sagten, wenn mir die Leute nicht mit Eifer und gutem Willen zur Hand gingen, was für ein Protokoll könnte mich in den glücklichen Umstand versetzen, auch nur eine einzige Untat aufzuspüren?

Jetzt war der Gemeindevorsteher mit der Aussage dran. Er hatte schon den Eid geleistet, wir hatten mit den üblichen Fragen begonnen, die zu nichts führen, als aus der Zimmerecke ein Schnarchen zu vernehmen war, das das Verhör übertönte. Ich drehte mich um: ach, der Präfekt hatte es sich in seinem Schlummersessel gemütlich gemacht. Der Vorsteher bemerkte meine Kopfbewegung, er bat um Entschuldigung, wandte sich an den Präfekten und weckte ihn sanft. »Bitte, Exzellenz, wollen Sie sich im Zimmer nebenan ins Bett legen?« Und nachdem er ihn mit aller Höflichkeit und Liebenswürdigkeit in ein Zimmer im Inneren des Hauses geleitet hatte, erschien er wieder vor mir, um die offiziellen und üblichen Erklärungen, kraft seines Amtes, abzugeben, Worte und Phrasen, wie sie jeder beliebige Dorfvorsteher zu machen versteht, die im Grunde weder Nutzen noch Schaden stiften, in das Feuer der Vernehmung aber Kühle und Besänftigung gießen.

Kaum hatte der Herr Bürgermeister unter seine Aussage seinen kratzefüßigen Namenszug gesetzt und sich vom Zeugenplatz entfernt, als sich die Tür zu jenem inneren Gemach auftat und der Präfekt erschien, der sich am ganzen Leibe kratzte und etwas mit zwei Fingern zwischen den Kleidern erfaßte, daß er weit von sich hielt. »Ein Bett soll das sein!« schrie er wutschnaubend. »Allah bewahre mich! Und du willst Bürgermeister sein, du?«

Ich verstand gut, was vorgefallen war. Im stillen mußte ich lächeln, doch tat ich, als wäre ich ganz in die Arbeit vertieft, und wandte den Blick nicht von den Papieren. Der Präfekt ließ sich mit einer Miene in den Sessel fallen, als sei ihm für den Rest der Nacht der Schlaf aus den Augen gewichen, und schrie den Vorsteher sogleich an: »Los, bring endlich Kaffee! Aber, bei deinem Augenlicht, mach ihn, wie es sich gehört! – Läuft die Sache?« fragte er mich, als wolle er sich über seinen gestörten Schlaf hinwegtrösten. Mit diesen Worten schien er sich nach dem Fortgang der Angelegenheit zu erkundigen, war aber sicherlich bereits zu dem Schluß gelangt, daß der Kopf des Angeklagten fällig sei.

Ohne ihn anzusehen, als spräche ich nur mit mir, antwortete ich leise: »Die Sache schläft.«

Da erhob sich der Präfekt von seinem Platz, als wäre ihm plötzlich klargeworden, wo der Schlüssel des Geheimnisses zu suchen sei. »Scheich Usfur!« rief er.

Hinter einem Rohrsessel, der in der dunklen Zimmerecke stand, erschien der Kopf jenes seltsamen Menschen. Der

Scheich stand auf, das grüne Zepter in der Hand, als wolle er sagen: Stehe zu Diensten!

»Was ist deine Meinung, Scheich Usfur?«

Meine Geduld war am Ende. Das hatte uns noch gefehlt, nach den Motiven von Verbrechen Wirrköpfe zu befragen! Ich warf dem Präfekten einen bedeutungsvollen Blick zu, doch er entgegnete: »Scheich Usfur ist gottbegnadet, er hat uns schon einmal das Gewehr eines Angeklagten finden lassen, das im Schlamm eines Kanals steckte.«

»Herr Präfekt, statt Scheich Usfur und Scheich Turtur zu befragen, wäre es besser, Sie führten mit dem Inspektor und den Soldaten bei den verdächtigen Personen im Dorf Haussuchung durch.«

»Inspektor!« rief der Präfekt.

Der Inspektor, der meine Worte schon gehört hatte, kam von draußen herein und überreichte seinem Vorgesetzen ein Hausdurchsuchungsformular, ein einziges Blatt. »Das Ergebnis der Hausdurchsuchung, Efendi.«

Der Präfekt würdigte es keines Blickes und gab es an mich weiter. Ich überflog das langgezogene Geschreibsel, bis ich auf die üblichen Worte stieß: »Es wurde nichts gefunden, weder Waffen noch sonstige verbotene Dinge.« Ich setzte unter das Blatt den Vermerk »Zum Protokoll«, und den Kopf in die Hände gestützt, dachte ich darüber nach, was nun noch zu tun und wer noch zu verhören wäre, damit unser Bericht wenigstens auf zwanzig Seiten käme.

Ich muß mich immer der Worte meines früheren Chefs erinnern, der mich eines Tages, als er von mir einen zehnseitigen Bericht empfangen hatte, fragte: »Ein Verstoß? Ein einfacher Fall von Untersuchung?« Als ich ihm antwortete, daß es sich um einen Mord handelte, rief er voller Überraschung: »Ein Mord auf nicht mehr als zehn Seiten? Ein Mord? Die Ermordung eines menschlichen Wesens, und nur zehn Seiten?«

»Und wenn wir auf diesen paar Seiten den Delinquenten überführt haben . . .«, begann ich zu entgegnen. Er beachtete mich jedoch nicht weiter und ging weg, wobei er das Protokoll auf der feinen Waage seiner Hand wog. »Nicht zu glauben, das soll der Bericht vom Mord an einem Menschen sein?«

»Nächstens werden wir bestimmt auf das Gewicht unser Augenmerk legen«, hatte ich mich noch beeilt zu bemerken.

Das alles ging mir wieder durch den Kopf. Ich schwieg entmutigt. Plötzlich ertönte im Zimmer die Stimme des geistesschwachen Scheichs, die sich zum Singsang erhob:

»Fragst du nach der Frau,
kennst du die Trauer genau,
und die Wimpern der Geliebten
decken ein ganzes Feld.«

Ich war über das ungebührliche Verhalten des Scheichs, der mitten in der Beweisaufnahme zu singen anfing, nicht aufgebracht, ich warf ihn auch nicht hinaus, ich dachte vielmehr ein wenig über den Sinn seiner Worte nach, immerhin konnten sie etwas enthalten, was mir nützlich sein konnte.

Das einzige Wort, das meine Aufmerksamkeit verdiente, war »Frau«, das Fragen sollte sich nicht auf Verdächtige schlechthin, sondern auf eine Frau beziehen. Aber auf welche? Nie war mir ein so frauenloser Fall wie dieser hier vorgekommen. Der Verletzte lebte ganz allein. Seit seine Frau gestorben war, hatte er nur seine Mutter bei sich, eine gelähmte Alte, die man nicht zu den Frauen rechnen konnte. Sicherlich wußte Scheich Usfur nicht, was er sagte. Dieser quicklebendige Alte zählte zur Schar der Papageien, denn er wiederholte Worte und Lieder, ohne auch nur das Geringste davon zu verstehen.

Aber halt! Der Angeschossene hatte ein Kind. Konnte die kranke, behinderte Mutter es überhaupt besorgen? »Gemeindevorsteher, komm mal her!«

Ich legte ihm diese Frage vor. Und er antwortete mir mit kindlicher Unschuld und der Einfalt eines Dummkopfes: »Das Kind wird von dem Mädchen betreut.«

»Von welchem Mädchen?«

»Nun, von dem Mädchen, das die Schwester der toten Frau des Opfers ist.«

»Ein großes Mädchen?«

»Eine Halbwüchsige.«

Ich beauftragte den Inspektor, sie sofort vorzuführen. Gleich darauf erschien sie; sie mochte sechzehn Jahre alt sein.

Seit es mich aufs Land verschlagen hatte, war mir noch kein solch hübsches Gesicht, noch keine solch graziöse Gestalt unter die Augen gekommen. Sie blieb auf der Türschwelle stehen, und in ihrem weiten Gewand sah sie wie eine Ebenholzpuppe aus, in die ein Gesicht aus Elfenbein eingelassen war.

»Tritt ein, Mädchen«, sprach sie der Gemeindevorsteher ermunternd an. Sie kam schüchtern und unsicheren Schrittes näher, denn sie wußte nicht, vor wem von den Anwesenden sie zu erscheinen hatte. Der Vorsteher führte sie an den Tisch, und als sie vor mir stand, schlug sie ihr Wimpernpaar hoch. Zum erstenmal stockte ich beim Verhör und wußte nicht, was ich fragen sollte.

Der Schreiber, der sie nicht gesehen hatte, weil er den Rükken ihr zugekehrt dasaß, bemerkte zwar mein Schweigen, hielt es aber für eine Müdigkeitserscheinung. Er tauchte seine Feder ins Tintenfaß und sah zu ihr auf, um sie zu fragen: Dein Name, Mädchen? Doch sein Blick blieb erstaunt an ihr haften und kehrte nicht zu den Papieren zurück.

Ich schaute mich um und sah meinen zuvor noch eingenickten Assessor recht munter und geschäftig werden und das Mädchen mit aufgerissenen Augen betrachten. Ich blickte zum Präfekten hin und verstand sofort, daß er in diesem Augenblick weder Kaffee noch Bohnen nötig hatte. Scheich Usfur war mir bis vor die Füße gerutscht, hatte sich wie ein Hund hingekauert und begaffte mit offenem Mund die junge Fellachin. Zweifellos hatte auch ihn diese Schönheit in den Bann gezogen. Mir schien es darum angebracht, mich schnell wieder in volle Gewalt zu bekommen, ehe die Dinge offenkundig würden. Ich redete also die Schöne an, ohne sie anzusehen, den Blick ins Leere gerichtet: »Wie heißt du?«

»Rim.« Sie sprach das mit einer Stimme, die mein Innerstes wie eine Saite, von zarter Hand berührt, in Schwingung versetzte. Fragte ich sie weiter, würde unfehlbar meine Stimme beben.

Ich hielt inne, denn ich merkte, wie heikel die Situation war, und dabei war mir klar, daß die Vernehmung nur noch schleppender vonstatten gehen würde, wenn zwischen jeder Frage eine solche Kunstpause einträte. Ich nahm also den Rest an Kraft und Willen zusammen und stellte ihr gleich eine ganze Reihe Fragen, auf die ich nur einen einzigen Satz als Antwort erwartete.

»Antworte mir auf all das!« sagte ich.

Ich musterte sie und erfuhr Erstaunliches von ihr. Bis zu diesem Augenblick hatte sie ja nicht im geringsten geahnt, daß auf jemanden ein Anschlag verübt worden war. Man hatte sie soeben geweckt, um sie mir vorzuführen, ohne ihr etwas Näheres mitzuteilen. Und ich wollte sie auch nicht von dem Vorgefallenen unterrichten, denn was in ihr vorgehen mußte – was nur mit der Einfühlungsgabe erfaßt werden konnte –, ahnte ich.

»Hat denn niemand um dich angehalten?« fragte ich.

»Doch«, sagte sie, und der letzte Bewerber sei sogar ein hübscher Burscher gewesen, der ihr ganz gut gefallen habe. Aber ihr Schwager, zugleich auch ihr Vormund, habe ihn nicht gemocht, wie er überhaupt nie eine der vielen Hände habe annehmen wollen, die sich zur Werbung um sie gleich denen der Gläubigen im Gebet erhoben hätten.

»Und deshalb hast du ihn gehaßt?«

Sie sagte nein, aber mit einem Unterton besonderer Glut, die ich intuitiv herausspürte.

»Hast du mit dem Burschen, der sich um dich bewarb, in Verbindung gestanden?«

Ja, das habe sie. Sie hätten sich zweimal in aller Unschuld vor dem Hause getroffen. Der Bursche habe gewußt, daß sie ihn als Mann nicht abweisen würde, doch sie wagte sich ihrem Vormund nicht zu widersetzen.

Aber was wollte dieser Vormund denn damit erreichen, daß er die Bewerber entmutigte? War sein größter Wunsch, sie glücklich zu sehen, oder fand er für sie keinen Mann nach Geschmack? Obwohl sie es gern gewußt hätte, war sie nicht hinter seine geheime Absicht gekommen. Das hatte sie zuweilen mit Trauer erfüllt und zum Weinen gebracht. Sie hatte es wissen wollen, was eigentlich, konnte sie nicht sagen, sie konnte sich nicht klar ausdrücken. Seinen Gefühlen Ausdruck zu verleihen ist eine Gabe, die nicht jedem eigen ist, sich mitteilen heißt genau die Empfindungen kennen, die sich in der Tiefe der Seele verbergen. Und die Seele dieses jungen Mädchens glich nach allem Anschein einem Röhricht, auf dessen Grund das Licht nur in kleinen Ringeln fällt, funkelnden Goldmünzen gleich, die in dunkler Tiefe tanzen, wenn sich das Rohr wiegt.

Jedenfalls begannen auch ein paar Ringlein Licht zwischen die Zeilen des Protokolls zu fallen. Wir hatten den Finger auf den neuralgischen Punkt der Untat gelegt. Ich bat um noch eine Tasse Kaffee, denn die Sitzung und die Vernehmung hatten ein besseres Aussehen bekommen.

Da fragte der Inspektor den Offizier vom Gendarmerieposten, der an der Tür stehengeblieben war: »Sind die Sanitäter schon dagewesen, um den Verwundeten zu holen?«

»Schon längst wieder weg.«

Nun begriff das Mädchen alles. Ihrem Mund entrang sich ein Schrei, den sie aus Scham vor uns sogleich unterdrückte, doch ich war mir sicher, daß in ihrer Brust ein wahrer Vulkan tobte. Ich wollte meine Arbeit fortsetzen, aber ich fand nichts als ein armes Mädchen vor mir, das mit den unzusammenhängenden Worten, die es vorbrachte, mir nicht mehr Rede und Antwort stehen konnte. Deshalb schien es mir geraten, die Vernehmung zu vertagen. »Ruhe dich aus, Rim.« Und zum Präfekten gewandt, sagte ich: »Das beste wird sein, wir verschieben das Verhör auf morgen.« Doch er wies auf das Fenster, durch das verstohlen der junge Tag eindrang. Ich war der Täuschung des Lampenscheins zum Opfer gefallen.

Ich erhob mich, und mir fiel dabei ein, daß heute das Schuldgericht zusammentrat und daß ich es wegen der nächtlichen Ereignisse versäumt hatte, mich für diesen Tag von einem meiner Kollegen vertreten zu lassen. Mir blieb also nichts weiter übrig, als schleunigst zurückzukehren, um pünktlich der Sitzung beizuwohnen.

»Herr Inspektor, bringen Sie das Mädchen zum Transportwagen.«

Wir schlossen das Protokoll ab, in der Absicht, nach der Gerichtssitzung die Vernehmung im Gebäude der Staatsanwaltschaft fortzusetzen. Dann gingen wir zu den Reittieren und saßen auf, und hinter uns schrie Scheich Usfur und schwang mit wilder Gebärde seine grüne Gerte: »Sie ist es, sie mit ihren Augen!«

»Komm zur Vernunft!« entgegnete der Präfekt.

»Sie ist es, mit ihren Augen, mit den Wimpern ... ich habe sie erkannt ... mit ihren Wimpern.«

»Komm zur Vernunft, Scheich Usfur! Nimm dich in acht, daß du nicht noch von deinem Eselfüllen fällst!«

Die Müdigkeit bemächtigte sich wieder meiner Glieder und drückte mich auf den Rücken des Pferdes nieder. Doch die frische Morgenbrise schlug mir leicht wie der kühle Fächerschlag einer übermütigen Schönen entgegen, so daß meine Spannkraft nicht erlahmte und ich mich meinen Überlegungen hingab. Usfurs Lied stieg plötzlich mit einer Leidenschaft auf, als hätte es sich seinem Herzen entrissen:

»...und die Wimpern ...«

Der Rest war nicht mehr vernehmbar. Ich hörte nur noch etwas zu Boden fallen: der Scheich lag hilflos in seinem Lumpenkleid da. Wir hielten an, die Gendarmen machten sofort kehrt, um ihn wieder auf seinen Esel zu setzen, und hoch aufgerichtet und sich den Staub abklopfend, schrie er unbeirrt weiter:

»... decken ein ganzes Feld.«

Der Präfekt und mein Assessor brachen in Gelächter aus. Dann hörte ich noch, wie er in vorwurfsvollem Ton zu dem Wirrkopf sagte: »Paß lieber auf dich auf! Du weißt, deine Frau hat sich vor zwei Jahren im Kanal ertränkt.«

Aber meine Gedanken waren schon mehr bei dem Bild des Mädchens im schwarzen Umhang und bei ihrem Geheimnis, in das ich immer noch nicht hatte eindringen können und das das Geheimnis der ganzen Geschichte war. Mich bewegte jetzt, um die Sache aufzuklären, nur ein Wunsch, der mit der Arbeit eigentlich gar nichts zu tun hatte: ich selbst wollte es wissen!

Die Karawane zog weiter, bis sie an den engen, aber tiefen Abflußgraben der Kanäle kam, der bis oben mit Wasser gefüllt war und über den man einen ellenbreiten Palmstamm gelegt hatte. Der Gendarm wollte schon mein Pferd mit einem Flankenstoß antreiben, damit es auf diesem Stamm, von einer Haaresbreite wie die Brücke zum Himmel nach dem letzten Gericht, den Graben überquere, als ich mir dessen bewußt wurde. »Bist du verrückt geworden, Gendarm?« rief ich. »Hier sollen wir hinüber, das Pferd und ich?«

Überraschung malt sich auf seinem Gesicht. »Exzellenz, Sie sind doch in der Nacht schon mit diesem Pferd hier herübergekommen.«

Mit einem Schauder blickte ich auf den Stamm. »Ich? Ich soll heute nacht hier über diesen Graben, auf diesem Stamm da herübergekommen sein? Und mit diesem Pferd? Unmöglich!«

»Der Weg ist breit genug, und das Pferd ist besonnen ...«

Ich wollte den Gendarmen gar nicht mehr hören. Wenn nach seiner Meinung dieser Stamm ein breiter Weg ist, wird er ohne Zweifel jene Brücke ins Jenseits auf einem Kamel überqueren. Und für die Besonnenheit des Pferdes bürgte gerade er, der zu Fuß war. Aber was hätte mich, den Reiter, dazu bewegen können, auf diese Mutprobe einzugehen?

Im Nu war ich abgesessen und überquerte den Kanal auf dem Stamm zu Fuß, wobei ich mich auf meinen Stock stützte.

12. Oktober

Als wir zurückkehrten, hatte die Gerichtssitzung schon begonnen. Der Wagen fuhr beim Gericht vor, und wir sahen die Leute dicht wie Fliegen das Tor belagern. Neben mir saß, in die Ecke gekauert und vom Schlaf überwältigt, mein Assessor, den ich aber weiter nicht beachtete. Mir kam nicht einmal der Gedanke, ihn in diesem Zustand aufzufordern, an meiner Seite den Verhandlungen beizuwohnen, wie er nachts an der Vernehmung teilgenommen hatte. Er war noch nicht gewohnt, Tag und Nacht durchzuarbeiten, ihm reichte die lange Nacht. Schließlich muß ich ihn mit Wohlwollen in sein Amt einführen. So ließ ich den Chauffeur halten, als wir am Gerichtsgebäude angelangt waren, und gab ihm Anweisung, den Assessor nach Hause zu fahren. Ich verabschiedete mich vom Präfekten, stieg aus und bahnte mir einen Weg durch die Menge der Männer, Frauen und Kinder.

Ich betrat den Verhandlungssaal und sah, daß mich der Richter bereits erwartete. Mein Blick hatte ihn kaum gestreift, da sah ich alle Hoffnung schwinden. Am Gericht gibt es nämlich zwei Richter, die sich im Dienst abwechseln. Der eine wohnt in Kairo und erscheint nur an den Tagen, an welchen das Gericht tagt. Er kommt mit dem ersten Zug an und hetzt durch das Verhandlungsprogramm, um den nächsten, den Elfuhrzug, zu erwischen, der ihn wieder nach Kairo bringt. Mögen noch so viele Prozesse vorliegen, diesen Zug verpaßt er nie. Der andere Richter ist ein pedantischer Mensch, der mit seiner Familie neben der Präfektur wohnt. Er geht sehr bedächtig bei der Behandlung der Fälle vor, weil er fürchtet, er könnte sich in der Eile irren, vielleicht aber auch, um sich die Zeit zu vertreiben und seinen Überdruß am Landleben auf dise Weise zu tilgen. Er hat auch keinen Zug fahrplanmäßig zu erreichen. So sitzt er vom frühen Morgen an wie festgenagelt hinter dem Katheder und trennt sich erst im Laufe des Nachmittags von ihm. Meistens dehnen sich seine Sitzungen bis zum Abend aus.

Für mich ist die Sitzung mit ihm immer eine bittere Qual, sie ist das reinste Gefängnis. Man hat den Eindruck, man sei dazu verdammt, sich den ganzen Tag über ans Katheder gefesselt zu sehen, ohne sich rühren zu können, in jener rotgrünen Schärpe, die wie eine Kette um Hals und Achsel gehängt wird. Ob das Allahs Strafe ist für die Unschuldigen, die ich, wenn auch ohne Vorbedacht, in den Kerker geworfen habe? Ob die beruflichen Verfehlungen erbarmungslos über uns kommen, für die wir bei Lebzeiten, ohne es zu wissen, schon den Preis zahlen?

Beim Anblick des Richters ergriff mich ein leichtes Entsetzen, denn mir war klar, nach einer arbeitsreichen Nacht war ich nun in eine unerbittliche Sitzung geraten. Irgend etwas mußte mein Gedächtnis getrübt haben, denn ich hatte mir eingebildet, daß heute der schnelle Richter an der Reihe sei.

Sobald ich in den Verhandlungssaal eingetreten war, schaute ich zunächst einmal auf die Prozeßliste. Siebzig leichtere Verstöße gegen das Gesetz und vierzig schwerere Vergehen hatten wir vor uns, mehr als genug, bei Allah, um mit dem Richter den ganzen Tag wie angewurzelt sitzen zu müssen.

Dieser Richter hat übrigens immer viel mehr Prozesse als der andere zu erledigen. Der Grund dafür ist ganz einfach: er, der pedantische, verurteilt für begangene Verstöße höchstens zu zwanzig Piastern, der andere geht dagegen bis auf fünfzig hoch, und das wissen die Übeltäter und Angeklagten; sie lassen nichts unversucht, um dem Richter mit dem höheren Tarif zu entgehen und Zuflucht bei dem mit dem niedrigeren zu suchen. Und jedesmal, wenn sich dieser Richter seine Mißstimmung anmerken läßt und sich beklagt, seine Arbeit werde von Tag zu Tag mehr, ohne daß erklärlich sei wieso, sage ich mir: Erhöhe deinen Tarif, und du wirst dich bald darüber freuen dürfen!

Der Gerichtsdiener begann mit einer Liste in der Hand die Namen der Angeklagten aufzurufen. Es war Kusman Efendi, ein Greis mit weißem Haar und weißem Schnurrbart, der stets eine Miene und eine Haltung an den Tag legt, die dem Präsidenten eines Obersten Gerichtshofes gut stehen würden. Wenn er aufruft, wächst er sichtlich mit seinen Gebärden, Bewegungen und seiner Stimme, und achtunggebietend wendet er sich an den Pförtner am Tor. Und dieser wiederholt draußen laut schreiend die Namen, wie er sie vom Gerichtsdiener empfängt, doch mit bedächtigem Ziehen und Näseln, im Singsang der fliegenden Händler. Ein Richter, der ihn so erlebte, sagte einmal zu ihm: »Schaban Kaid, rufst du überhaupt zu Prozessen auf wegen Verstößen und Vergehen, oder hältst du Kartoffeln und Datteln feil?«

»Verstöße, Vergehen, frisch gepflückte Datteln, mit alldem kann man sich sein Brot verdienen«, antwortete er.

Nun erschien der erste Übeltäter vor dem Richter, der zunächst in seinen Papieren untergetaucht war, dann den Kopf hob und seine starke Brille auf der Nase zurechtrückte.

»Guter Mann«, redete er ihn an, »du hast gegen die Schlachtverordnung verstoßen, indem du außerhalb des Schlachthofes einen Hammel getötet hast.«

»Aber Exzellenz, den Hammel, den haben wir mit Verlaub in einer glücklichen Nacht – mögt Ihr auch solche haben – geschlachtet, damit wir die Beschneidung unseres Söhnchens feiern konnten.«

»Zwanzig Piaster Strafe! Der nächste!«

Der Gerichtsdiener rief und rief und rief, und alle, die er aufrief, hatten sich Verstöße derselben Art zuschulden kommen lassen. Der Richter mochte Recht sprechen, ich fand mein Vergnügen daran, die Menge im Saal zu betrachten. Sitze und Bänke waren voll besetzt, der Rest hatte auf dem blanken Boden und in den Gängen Platz finden müssen. Sie hockten wie die Schafe da, ihre sanftmütigen Augen dem Richter zugewandt, der bei der Verkündung seiner Urteilssprüche einem stockschwingenden Hirten glich: das Einerlei der ständig wiederkehrenden Vergehen hatte er satt.

»Was soll ich von den Geschichten halten! In einer einzigen Sitzung lauter Hammel, und alle ohne Schlachthof!« Dabei starrte er ins Publikum, und hinter den Gläsern, die ihm auf der Nasenspitze tanzten, sahen seine Augen wie zwei Kullererbsen aus. Keiner, auch er nicht, begriff, was dieser Stoßseufzer an versteckter Andeutung enthielt. Und der Gerichtsdiener rief weiter, bis sich andersartige Fälle einstellten: wir waren endlich auf etwas Neues gestoßen.

Bei dem Missetäter, der nun vor dem Richter erschien, hieß es folgendermaßen: »Also, guter Mann, du wirst beschuldigt, deine Kleider im Wassergraben gewaschen zu haben.«

»Exzellenz, Allah erhöhe Euch! Wollt Ihr mich zu einer Geldstrafe verurteilen, weil ich meine Kleider gewaschen habe?«

»Weil du sie im Wassergraben gewaschen hast.«

»Wo soll ich sie aber sonst waschen?«

Der Richter stockte und überlegte. Auf diese Frage hatte er keine Antwort. Er wußte ja, diese Unglücksmenschen in den Dörfern besaßen keine Wasserbecken, in die keimfreies, sauberes Leitungswasser lief. Ihr Leben lang hausen sie wie das liebe Vieh, und unbeschadet dessen verlangt man, daß sie einem vom Ausland eingeführten Gesetz allerneuester Machart gehorchen.

»Was meint die Staatsanwaltschaft dazu?« fragte er mich.

»Die Staatsanwaltschaft ist nicht dazu da, den Ort zu bestimmen, wo dieser Mann seine Kleidung waschen soll. Die Staatsanwaltschaft hat sich darum zu kümmern, daß die Gesetze in Anwendung kommen.«

Der Richter wandte den Blick von mir ab, senkte ihn und schüttelte den Kopf; dann diktierte er, gleichsam als würfe er eine große Last von seinen Schultern: »Zwanzig Piaster Strafe! Der nächste!«

Der Gerichtsdiener rief den Namen einer Frau, und es erschien eine Dorfdirne, die sich die Augenbrauen mit einem Streichholz nachgezogen und sich knallrote Wangen gemalt hatte, so daß sie wie Samson-Zigarettenpackungen anmuteten. Auf ihrer entblößten Brust war ein tätowiertes Herz mit durchbohrendem Pfeil zu sehen, und um das Gelenk trug sie einen Armreif aus Metallringen und bunten Glasperlen.

»Gegen dich wird Anklage erhoben«, sagte der Richter, »du habest dich vor der Tür deines Hauses aufgehalten.«

»Ja, Liebling«, gab sie schnippisch zurück, »ist es denn eine Sünde, sich vor seinem Haus aufzuhalten?«

»Aber du tust es, um bei der Öffentlichkeit Ärgernis zu erregen.«

»Leider – muß ich dir sagen – hab ich, bei den Bärten aller Kadis, in meinem Leben noch nie den 'Herrn Öffentlichkeit' kennengelernt. An meinem Haus hier kommt jedenfalls keine 'Öffentlichkeit' vorüber.«

»Zwanzig Piaster Strafe! Der nächste!«

Kusman Efendi rief den Namen des folgenden Delinquenten, und ein Bauer mittleren Alters trat in den Saal. Sein blaugestreiftes Turbantuch, sein Kaschmirhemd, sein Umhang aus Imperialtuch und seine gelben Elastikschuhe ließen auf einen recht wohlhabenden Mann schließen. Der Richter knöpfte ihn sich auch sogleich ohne Umschweife vor.

»Und du, Scheich, wirst angeklagt, deinen Hund nicht zum gesetzlich festgelegten Termin angemeldet zu haben.«

Der Mann räusperte sich, schüttelte den Kopf und begann zu stammeln, als wolle er sich entschuldigen und Einwände erheben. »So ... so alt muß einer werden, um zu erleben, daß Hunde wie Grund und Boden eingetragen werden. Und dafür gibt es noch gesetzliche Handhabe.«

»Zwanzig Piaster Strafe! Der nächste!«

Prozeß folgte auf Prozeß, immer Verstöße der gleichen Art und Weise. Keinem der Missetäter konnte ich jedoch ansehen, daß er an die reale Existenz dessen glaubte, das ihm zur Last gelegt wurde. Eine Strafe war eben wie ein Schicksalsschlag, der vom Himmel fiel, ein Tribut, den man entrichtete, denn das Gesetz besagt: Strafe muß gezahlt werden! Wie oft habe ich mich schon nach dem Sinn einer solchen Rechtsprechung gefragt! Können wir denn ein Urteil als Abschreckung ansehen, bei dem der Angeklagte überhaupt nicht begreift, daß er schuldig ist?

Wir schlossen die leichteren Verstöße ab, und der Gerichtsdiener rief nun: »Prozesse wegen Vergehen!« Er blickte auf seine Liste. »Umm as-Sad, Tochter des Ibrahim al-Gurf!« rief er.

Ein altes Bauernweib kam zögernd bis an den Richtertisch in der Mitte des Raumes heran und stellte sich vor Kusman Efendi, den Gerichtsdiener, hin. Der verwies sie an den Richter, den sie mit teilnahmslosen Augen anblickte; sie kehrte sich vielmehr gleich wieder dem greisen Gerichtsdiener zu, und der Richter, der in den Papieren herumlas, fragte sie: »Wie heißt du?«

»Umm as-Sad, deine Dienerin.« Sie gab ihre Antwort dem Gerichtsdiener.

Kusman Efendi machte ihr ein Zeichen und deutete wieder auf den Richter.

»Beruf?« fragte dieser.

»Mein Beruf - ich bin Frau.«

»Du wirst beschuldigt, den Scheich Hassan Amara in den Finger gebissen zu haben.«

Die Frau wandte sich von neuem dem Gerichtsdiener zu. »Bei deiner Würde und deinem weißen Haar, Herr, ich habe nichts, überhaupt nichts Böses gemacht. Ich habe geschworen und habe den Eid drauf gegeben, das Mädchen soll ein Brautgeld von nicht weniger als zwanzig Bint haben.«

Der Richter hob den Kopf, rückte seine Brille zurecht und sah sie an. »Sprich hierher«, schrie er, »ich bin der Richter, ich! Hast du gebissen, ja oder nein? Ein Wort nur!«

»Gebissen? Allah soll mich verlassen, ich bin schlecht, sehr schlecht, aber beißen - nein!«

»Den Zeugen!« befahl er dem Gerichtsdiener.

Der Betroffene trat ein, er trug einen Verband um den Ringfinger. Der Richter fragte ihn nach seinem Namen und Beruf, ließ ihn schwören, daß er nur die reine Wahrheit sage, und forderte ihn auf, den Sachverhalt darzulegen.

»Herr Richter«, sagte der Mann, »ich habe mit all diesen Dingen überhaupt nichts zu schaffen. Ich habe nur zur gütigen Vermittlung eingegriffen.« Er schwieg, als hätte er das Geheimnis des Prozesses gelüftet und ans Licht gebracht.

Der Richter mußte seinen Zorn niederkämpfen, er blickte ihn dabei unverwandt an und forderte ihn dann mürrisch auf, den Vorfall in allen seinen Einzelheiten zu schildern. Und jener erklärte die Sache mit beredter Zunge folgendermaßen:

Die Angeklagte hatte eine Tochter, Sitt Abuha mit Namen, die ein Bauer, as-Said Harischa mit Namen, zur Frau nehmen wollte. Er hatte ein Brautgeld von fünfzehn Bint angeboten, die Mutter war aber von wenigstens zwanzig nicht abgegangen. Und die Angelegenheit war in der Schwebe geblieben, bis eines Tages ein Bruder des Bewerbers, ein Bürschchen, das man seiner Schmächtigkeit wegen »Schnips« nennt, eigenmächtig die Familie der Braut besuchte und ihnen vorflunkerte, der Bräutigam sei nun mit der Bedingung einverstanden. Und seinem Bruder sagte er, die Angehörigen seiner Braut würden sich mit den fünfzehn Bint zufriedengeben. Als Folge dieses übermütigen Späßchens des Jungen wurde also ein Tag bestimmt, an dem im Haus der Braut die Eröffnungssure des Korans gelesen werden sollte. Der Bräutigam lud dazu den Scheich Hassan Amara und den Scheich Farag als Zeugen ein, die sich auch einstellten. Der Vater der Braut schlachtete eine Gans. Kaum aber hatte man das Mahl angerichtet und aufgetragen, da kam die Sprache auch schon auf das Brautgeld. Und da wurde auch der ganze Schwindel offenbar; es zeigte sich, daß sich gar nichts geändert hatte. Beide Parteien gerieten nun in heftige Auseinandersetzungen, die Brautmutter schrie auf den Hof hinaus: »Unglück über Unglück! Unsere Feinde können frohlocken! Beim Propheten, meine Tochter kriegt er nicht unter zwanzig!« Und dann fuhr sie wie eine Besessene zwischen die Männer, um das Recht ihrer Tochter zu verteidigen, denn sie fürchtete, die Männer könnten die Angelegenheit nicht zu ihrer Zufriedenheit regeln. Da erhob sich der Scheich Hassan, der von dem Essen noch nicht gekostet hatte, in einer Anwandlung von

Großmut, um zu versuchen, die Frau zu besänftigen. Doch sein Gefährte, der Scheich Farag, streckte unterdessen seine Hand nach der Gans aus und ergriff sie – und so wollte er sich aus dem entbrannten Streit heraushalten. Die Erregung, die beide Seiten gepackt hatte, ging aber in unverhüllte Handgreiflichkeiten über, und unvermutet befand sich die Hand des Scheichs Hassan statt in der Schüssel mit der Gans im Maul der Alten. Er stieß einen fürchterlichen Schrei aus, unter dem das ganze Haus erbebte. Es ging drunter und drüber, der Scheich Hassan stürzte sich auf seinen Kollegen, zerrte ihn vom Essen weg und eilte mit ihm hinaus, und sein Finger brannte wie Feuer. Jener, der kein Wort hatte verlauten lassen, war wenigstens in den Genuß der Speise gekommen, während er, der so mit ganzem Herzen dabeigewesen war, nicht nur Hunger vom Hochzeitsschmaus mitbrachte, sondern der Alten obendrein noch einen Finger gelassen hatte.

Das Opfer verströmte endlose Worte. Doch plötzlich schoß der Richter hoch und unterbrach bedenkenlos die Aussage des Zeugen, wobei er wie zu sich selbst sprach: »Schön. Hat der Zeuge eigentlich schon geschworen? – Herr Staatsanwalt«, damit wandte er sich an mich, »hat der Zeuge überhaupt den Eid geleistet?«

Ich überlegte, konnte ihn aber nicht von seinem Zweifel befreien.

»Also, guter Mann«, rief er, »schwöre: Bei Allah, dem Allmächtigen, ich spreche die Wahrheit!«

Als jener geschworen hatte, fuhr der Richter fort: »So, und nun alles noch einmal, von Anfang an.«

Mir war klar, daß die Geschichte kein Ende haben würde. Ein verdrießliches Gefühl stieg mir die Nase hinauf, ich mußte gähnen, ich lehnte mich in meinem Sessel zurück, und der Schlummer trieb sein Spiel mit meinen Augenlidern.

Wieviel Zeit so verstrich, weiß ich nicht zu sagen. Jedenfalls sprach mich plötzlich der Richter vernehmlich an: »Die Staatsanwaltschaft! Was beantragt die Staatsanwaltschaft?«

Ich riß die geröteten Augen auf, die nichts als Schlaftrunkenheit verrieten. Der Richter setze mich davon in Kenntnis, daß er gerade den Bericht des Gerichtsmediziners verlesen habe, dem zufolge der Biß eine bleibende Verstümmelung, und zwar des mittleren Glieds des Ringfingers, zurücklassen würde. Ich richtete mich in meinem Sessel auf und beantragte sofort, von einer Zuständigkeit der Staatsanwaltschaft absehen zu wollen.

»Dann wird es ja ein Verbrechen«, sagte er zu der Alten, »und der Fall gehört vor das Geschworenengericht.«

Die Frau ließ mit keiner Miene erkennen, daß sie den Unterschied begriffen hätte. Für sie war ein Biß eben ein Biß. Was sollte nun aus diesem Vergehen ein Verbrechen gemacht haben? Was für eine Bürde ist das Gesetz, das von diesen Ärmsten überhaupt nicht verstanden werden kann!

Man rief zum nächsten Prozeß auf. Es ging um eine Prügelei, die zwischen dem Vater der Sitt Abuha und der Familie des Said Harischa, des Ehemanns, ausgetragen worden war. Beide Parteien hatten sich nämlich nach allem, was vorgefallen war, doch noch über die Heirat geeinigt. Der Bräutigam hatte ein paar Verwandte mit einem Kamel geschickt, um die Braut aus dem elterlichen Haus abholen zu lassen, doch der Vater war ihnen voller Zorn entgegengetreten und hatte sie angeschrien: »Was, ein Kamel? Meine Tochter soll sich auf ein Kamel setzen? Nie und nimmer! Ein Kombiwagen muß da schon her!« Bei der Auseinandersetzung zwischen den Streitenden drehte es sich sodann darum, wer für diese Neuheit aufkommen müsse, die ihnen die Entwicklung der Zeiten beschert hatte, und sie führte dazu, daß Knüppel geschwungen und ein paar Tropfen Blut vergossen wurden. Unter solchen Umständen konnte sie ja auch gar keinen anderen Verlauf nehmen. Schließlich setzte ihr ein wohltätig gesinnter Mensch ein Ende, indem er seiner Geldbörse einen Rial entnahm und dafür eins jener Autos mietete, die die Landlinien regelmäßig befahren.

Der Richter fällte auch in dieser Angelegenheit sein Urteil und rief: »Ende gut, alles gut, und der Hochzeitsnacht wünsche ich ebenfalls einen guten Verlauf! Der nächste!«

Nun kündigte der Gerichtsdiener mit seiner tönenden Stimme die Prozesse gegen Inhaftierte an und nannte wiederum einen Namen.

Ketten rasselten; von zwei Begleitern in Sackleinen flankiert, erhob sich ein Mann, dem der Kerkermeister die Fußfesseln löste. Gleichzeitig stand unter den Advokaten ein Efendi auf, dessen Bauch wie ein praller Wasserschlauch aussah, und sprach: »Hier! Mit dem Angeklagten!«

Ich sagte mir: Also ein Prozeß mit einem Advokaten, und der wird nicht eher von uns ablassen, als bis er uns alles, was ihm einfällt, unter dem Vorwand der Freiheit der Verteidigung in die Köpfe eingetrichtert hat. Ich schloß schon die Augen. Mein Kopf jedenfalls verlangte nach der durchwachten Nacht dringend nach Ruhe.

Ich hörte, wie der Richter zu dem Gefangenen sagte: »Du wirst angeklagt, einen Spirituskocher gestohlen zu haben.«

Es ist wahr, vor meiner Ladentür habe ich einen Kocher gefunden, aber ich habe ihn weder gestohlen noch entwendet...«

»Den Zeugen hereinbringen!«

Ein Mann in weißer Fellmütze und ärmellosem Wollmantel erschien, leistete den Eid und sagte aus, er habe seinen Spirituskocher angezündet, um einigen Kunden, die in seinem Laden gesessen hätten, einen Tee zu bereiten. – Es handelte sich um einen kleinen Dorfkrämer, der Zucker, Kaffee, Tee und Tabak verkaufte und in dessen Geschäft sich die Leute zuweilen trafen wie in einem Café. – Auch damals habe er den Kocher, den er, wie gesagt, bereits angezündet hätte, vor seine Tür gestellt, sei nur die Kanne holen gegangen, und als er zurückgekommen sei, habe er den Angeklagten mit dem brennenden Kocher davonlaufen sehen. Er sei ihm nachgejagt und habe die Umstehenden und alle, die sich mit ihm an die Verfolgung des Diebes gemacht hätten, als Zeugen aufgerufen.

Der Richter saß mit gesenktem Kopf da, und aus seiner Haltung war zu ersehen, daß er in Gedanken ganz woanders war. Plötzlich blickte er mich an und fragte, wiederum gleichsam im Selbstgespräch: »Habe ich den Zeugen schwören lassen?«

Da konnte ich mich nicht länger beherrschen und schrie erregt: »Mit meinen eigenen Ohren habe ich, Allah sei Dank, dieses Mal gehört, wie er den Schwur geleistet hat!«

»Sind Sie dessen sicher?«

Ich spürte, meine Geduld war zu Ende, und ich brachte gequält hervor: »Soll ich Ihnen schwören, daß er geschworen hat?«

Damit gab sich der Richter zufrieden, er hörte dem Zeugen wieder schweigend und aufmerksam zu. Doch die Gleichmut des Angeklagten war erschöpft, er erhob sich auf einmal, als wolle er um Hilfe flehen.

»Herr Richter, hat es auf Erden je einen Dieb gegeben, der einen brennenden Spirituskocher gestohlen hat?

Dieser gebot ihm mit einer Handbewegung Schweigen. »Warum fragst du mich? Glaubst du, ich habe mich in meinem Leben schon als Spitzbube betätigt?

Jetzt erhob sich der Advokat des Gefangenen von der Verteidigungsbank und begann: »Herr Präsident! Weder haben wir einen Kocher gefunden noch einen Kocher gesehen, noch sind wir irgendwo entlanggekommen, wo ein Kocher gestanden hätte ... Die ganze Geschichte ist von vorn bis hinten erfunden ...« In dieser angriffslustigen und phantasievollen Rede wollte er fortfahren, doch der Richter unterbrach ihn einfach: »Sachte, Anwalt, sachte, der Angeklagte selbst ist ja geständig. Es ist bereits erwiesen, daß er den Kocher vor seiner Ladentür gefunden hat.«

Der in seiner Ehre getroffene Anwalt schlug mit der Faust auf den Tisch: »Das ist doch weiter nichts als eine ungeschickte Verteidigung von seiten meines Mandanten!«

»Ihr Wunsch, mein Herr, geht also dahin«, entgegnete ungerührt der Richter, »daß ich Ihrer wunderschönen Verteidigung Glauben schenke und als Unwahrheit das ansehe, was Ihr Mandant vor uns allen gestanden hat.«

Der Advokat protestierte, er erhob seine Stimme, und es schien, als ziele sein ganzes Bemühen einzig darauf ab, die

Gerichtssitzung zum Schauplatz eines solchen Spektakels zu machen, daß der Saal dröhnte, Schweiß zu verströmen, den er mit seinem Taschentuch abtupfte, und seinem Klienten Blicke zuzuwerfen, um ihm einerseits die Anstrengung vor Augen zu führen, der er sich seinetwegen unterzog, andererseits die Mühe zu zeigen, die er in seinem Interesse verwandte.

Doch Müdigkeit, Langeweile und das Gefangensein vor der Gerichtsschranke, das nicht die geringste Bewegung gestattete, hatten mich endlich so weit gebracht, daß ich von allem, was sich um mich herum abspielte, nichts mehr begriff und nichts mehr vernahm. Ich vergrub mein Gesicht in einer Prozeßakte und ergab mich dem Schlaf.

13. Oktober

Die Sitzung endete im Laufe des Nachmittags, und ich kam ganz zerschlagen heraus. Kaum hatte ich mich vom Richter verabschiedet, als auch schon ein Soldat mit einem Riesenberg von Strafanträgen auftauchte, die er mir zur Unterschrift brachte. Unbesehen unterzeichnete ich die endlose Folge von Papieren; was ich schrieb, hatte mit meinem Namen fast nichts mehr gemein, denn in der Eile und mit der steten Wiederkehr wurde mein Namenszug zu ein, zwei Strichen, die ich an die entsprechende Stelle setzte. Als ich damit fertig war – die Schweißperlen standen mir auf der Stirn –, hörte ich schwere Schritte auf dem Boden dröhnen. Die Hand eines Gendarmen hob sich zum militärischen Gruß.

»Oben wartet man auf das Verhör wegen der Sache mit dem Schuß.«

Des Menschen Kraft hat wahrlich Grenzen. Seit – ich muß schon überlegen –, seit vorgestern hatte ich keinen Bissen gegessen und war nicht ins Bett gekommen. Ich konnte es mir nicht versagen, ihm zu erwidern: »Dir ins Auge mit dem Schuß da! Steckten wir als Soldaten in den Schützengräben oder lägen wir vor den Dardanellen, dann hätte man mit uns bestimmt mehr Erbarmen und würde auch um unsere Gesundheit fürchten ...«

Aber was hatte der Gendarm schließlich getan, daß ich ihn so anfuhr? Ich ließ ihn stehen und ging meines Weges. Ich begab mich in mein Büro, das im ersten Stock liegt. An der Tür traf ich Rim, die, von Wachsoldaten beaufsichtigt, dort wartete. Nicht weit von ihr stand Scheich Usfur mit seiner grünen Gerte. Warum wartete eigentlich auch dieser Mensch?

Der Anblick des Mädchens gab mir ein wenig Auftrieb, so wie sich unter Tautropfen das welke Gras erholt. Ich trat in mein Zimmer ein. Der Präfekt, der Inspektor und der Protokollführer hatten bereits Platz genommen. Sie befanden sich in einer Stimmung, wie sie sie nur erquickender Schlaf hatte hervorbringen können. Mir war klar, daß sie gekommen waren, um sich die Zeit mit diesem Fall zu vertreiben, der ihnen vergnüglicher zu werden versprach als das Tricktrackspiel im Club oder der Genuß des Zuckerrohrwassers, das ihnen vor der Apotheke gereicht wird. Ich aber hatte kein anderes Bedürfnis, als sieben Stunden ungestört und selig zu schlafen.

Ich schlug den Versammelten also vor, die Vernehmung auf den folgenden Tag zu verschieben, und sie erklärten sich einverstanden. Doch eine Schwierigkeit stellte sich ein, die niemand vorausgesehen hatte: Wo sollte das Mädchen die Nacht über bleiben? Von ihrem Dorf war sie jetzt weit entfernt, und es war einfach unmöglich, sie heute nach Hause zu bringen und morgen wieder zu holen. Dies vor allem weil sich gewisse Leute, die der Prozeß anging, und auch verschiedenen Zeugen mit ihr hätten verständigen und ihr Dinge einreden können, die nichts mit Wahrheit und Gerechtigkeit zu tun gehabt hätten. Aber bei uns in der Kreisstadt wiederum hatte sie weder Verwandte noch Bekannte.

Da ließ sich der Präfekt vernehmen, der die glücklichste und sicherste Lösung gefunden zu haben schien: »Nichts einfacher! Die Kleine schläft bei mir zu Hause.«

Wir schauten ihn verdutzt an, beherrschten uns jedoch. Mich erstaunte besonders, daß uns alle im selben Augenblick die gleiche Empfindung befallen hatte. Unruhe malte sich selbst im Auge Scheich Usfurs, der hinter mir hergekrochen war, um sich ins Zimmer zu schleichen. Eine heikle Situation war es: jeglicher Einwand unsererseits hätte Zweifel am guten Leumund des Herrn Präfekten aufkommen lassen. Vertrauten wir ihm aber dieses kostbare Unterpfand an, dann vermochte ihr einzig Allah Beistand zu leisten. Denn man erzählte sich von dem Präfekten, er habe eines Tages Gefallen an einer Fellachin gefunden, die mit irgendeiner Beschwerde zu ihm gekommen sei. Da er mit ihr allein sein wollte, schickte er seine Soldaten und das gesamte Wachpersonal ins Kreisgefängnis, wo sie den Eingekerkerten die Köpfe scheren sollten. Doch kaum waren sie an Ort und Stelle angelangt, da ließ er die Tore verriegeln – er hatte sie alle mit einem Schlag festgesetzt. So konnte er mit der Frau ganz allein sein.

An diese Begebenheit erinnerte ich mich jetzt, und ich sagte mir: Nun wenn die Angelegenheit schon jetzt eine so böse Wendung nimmt, wird es nicht weiter ins Gewicht fallen, daß ich als amtierender Staatsanwalt gerade jenem, dem das Maul wäßrig ist, einen solchen reifen Apfel eigenhändig zwischen die Zähne geschoben habe. Seltsam, daß alle in der Runde wie angewurzelt und wortlos dastanden, als hätte er bereits in den Apfel gebissen, als wäre die Frucht schon verzehrt, so daß uns nichts mehr zu tun übrigbliebe.

Um uns zu beschwichtigen, fügte der Präfekt hinzu: »Mein Wunsch ist, sie möge in guter Obhut sein, bei meiner Frau und meinen Kindern.«

Nun sah ich keine Möglichkeit mehr, gegen seine Absicht etwas einzuwenden; ich verließ das Büro und kehrte in meine Wohnung zurück. Hastig verschlang ich einige Bissen, legte mich hin und schlief bis gegen Mitternacht. Durst trieb mich aus dem Bett, ich mußte einen Schluck aus dem Wasserkrug nehmen, den ich ins Fenster gestellt hatte. Als mir aber wieder das Mädchen einfiel und ich mir vorstellte, daß sie sich nun im Haus unseres Freundes befand, war mir der Schlaf vergangen. Es müßte etwas passieren, wünschte ich mir, damit ich mit dem Präfekten wieder in den Kreis zu fahren hätte. Doch Ereignisse solcher Art sind wie Katzen: ruft man nach ihnen, dann wollen sie sich nicht zeigen, scheucht man sie weg, so kommen sie herangeschlichen und schnurren einem um die Füße. Ich wußte nicht, was ich tun sollte. Zweifel und Unruhe befielen mich. Es schien eine schreckliche, lange Nacht für mich zu werden, ich sehnte schon das Dämmern des Tages herbei. Zur Ablenkung wollte ich in meinem Tagebuch weiterschreiben, doch die Feder wurde mir stumpf in der Hand. Mein Blick fiel auf einen Stapel Akten voll von Verfehlungen, Verstößen und Vergehen, der Ertrag der letzten beiden Tage. Sie waren mir vom Verwaltungssekretär des

Gerichts zugesandt worden, damit ich Kenntnis nähme, sie einschätzte und die Anklage formulierte, die ich in den Sitzungen erhebe. Doch zur Arbeit fühlte ich mich absolut nicht aufgelegt. Schließlich trat ich ans Fenster, öffnete es und atmete die feuchte Nachtluft ein. Und ich blickte hinauf zu den Sternen, die über der endlosen Ruhe des schlafenden Landes blinkten, als wären sie wachende Augen, die vom Geheimsten der Dinge kündeten.

Für einen Augenblick erwog ich, ob ich mich ankleiden, hinuntergehen und das Haus des Präfekten umschleichen sollte. Welch ein Unsinn! Dazu wäre ich imstande? Wenn mich der Gendarm dabei ertappte? Er würde sich natürlich entschuldigen, sobald er mich erkannt hätte, aber alle Welt würde es erfahren, es würde die Runde machen. Nein, ich mußte abwarten, was der neue Tag bringen würde.

Endlich half mir Allah aus allen Nöten: er schickte mir eine »Telefonische Benachrichtigung«, die ich sofort überflog. Es war eine Belanglosigkeit, die keinesfalls einen nächtlichen Aufbruch erforderte.

... Zur Zeit der Durchfahrt des Güterzuges Nr. 209 der engeren Delta-Linie wurde beim Kilometer 17 während des Rangierens ein Eisennagel auf den Schienen entdeckt, der von unbekannter Hand ...

Unter der Benachrichtigung stand ein Vermerk des Präfekten, wonach der Inspektor den Ort aufsuchen und den Staatsanwalt über den Vorfall unterrichten sollte. Das alles hieß, er wünsche nicht aufzustehen und erwarte auch von mir, daß ich im Bett bliebe. Aber durfte ich diese vom Himmel gesandte Gelegenheit vorübergehen lassen? Ich konnte mir in dieser Nacht kein größeres Vergnügen bereiten, als mir und dem Herrn Präfekten die Ruhe zu rauben.

Folglich kleidete ich mich schleunigst an, ließ das Auto kommen und fuhr zum Haus unseres Freundes. Ich hieß jemanden rücksichtslos gegen die Tür donnern und ihm mein Eintreffen melden. Er erschien am Fenster.

»Wegen eines Nägelchens«, rief er, »sollen wir alle mitten in der Nacht auf die Beine?«

Ich steckte den Kopf zum Wagen hinaus. »Und wenn's eine Nadel wäre! Wo Verbrecherhand im Spiel ist, liegt ein Kriminalfall vor, und einen Zug zum Entgleisen zu bringen, gilt bekanntlich auf der ganzen Welt als das gefährlichste Verbrechen. Sie müssen unbedingt dabeisein!«

»Ich ... ich habe den Verwaltungsinspektor schon ... beauftragt.«

»Nein, Sie müssen selbst mitkommen!«

»Heute nacht? Nein, ganz unmöglich ... Heute nacht bin ich ... so müde.«

»Wir sind alle müde. Doch die Pflicht ruft.«

Der Präfekt überlegte eine Weile angestrengt, etwas störte und reizte ihn. Aber als er sah, wie unerschütterlich und unabdingbar mein Entschluß war, fürchtete er, mit mir einen dienstlichen Zusammenstoß zu erleben, und schickte sich drein. Er bat mich, einen Augenblick zu warten, bis er angezogen sei. Dann kam er herunter und setzte sich wutschnaubend zu mir in den Wagen. Mir fiel auf, daß sich Scheich Usfur trotz der Hupentöne nicht eingestellt hatte. Der Präfekt war jedoch zu sehr in Gedanken, als daß ihm die Abwesenheit des Scheichs bewußt geworden wäre. Eine Zeitlang blieb er noch nachdenklich, dann sagte er: »Ja, ja, die Pflicht! Aber daß ein Nagel ...« Ich schloß die Augen, damit er nicht auf meine Antwort warte, und er fuhr fort: »Allah sei Ihrem Vorgänger im Staatsanwaltschaftsamt gnädig! Denn jener befragte bei einem Mordfall nur zwei Zeugen, weiter nichts, dann schloß er die Vernehmung ab und sagte zu mir: »Ist der Tote etwa unser Vater oder zumindest unser Bruder? Nein! Also komm, Scheich, erhebe dich, laben wir unsere Kehlen am Becher!«

Ich antwortete nicht, kein Wort den ganzen Weg, bis zum Kilometer 17, wo wir die Streckenwärter und den Güterzug mit dem Lokomotivführer vorfanden. Der Vertreter des Gemeindevorstehers legte uns den Nagel vor und zeigte mir einen Waggon voller Säcke mit Baumwolle, der beinahe entgleist wäre. Ich hielt den Nagel zwischen den Fingern und prüfte ihn aufmerksam. Der Präfekt, der hinter mir stand, sagte lächelnd: »Na, wo war der Maschiniste, als kaputtging seine Kiste?«

Ich verstand den Scherz und die Anspielung auf das Liedchen, das vor dreißig Jahren im Schwange war, als noch die Koptin Schafika den Thron des Gesanges besetzte. Aber der Lokomotivführer nahm den Witz für bare Münze und trat vor.

»Nichts ging kaputt, Efendi«, beteuerte er. »Als es passierte, schon war ich an der Bremse und – stop!« Und nun teilte er uns umständlich seine Überlegungen mit. Für ihn waren alle Bewohner dieser Gegend einfältige Leute. Es sei nicht einmal auszuschließen, daß es sich hier um jenes Dorf handle, dessen Einwohner seinerzeit für den ersten Zug, der erschienen war, einen offiziellen Empfang veranstaltet und dabei dem Zug selbst Speise und Trank angeboten hatten. In diesem Lichte betrachtet sei es nicht unwahrscheinlich, daß einer aus Dummheit oder Neugier diesen Nagel auf die Schiene gelegt habe, um zu sehen, wie sich der Zug verhalten werde, ob er entgleisen und dabei auf die Seite oder aufs Gesicht fallen würde.

Ein Streckenwärter trat darauf heran und meinte, es handle sich nicht um einen dummen Streich, sondern um einen Akt der Rache an der Eisenbahngesellschaft, denn die Leute der Umgegend lebten davon, Kies aus den Bergen zu holen, ihn auf Eseln und Kamelen wegzuschaffen und an die Bauunternehmer zu verkaufen. Nun aber habe die englische Delta-Eisenbahngesellschaft die Strecke bis an die Berge verlängert und den Transport übernommen. Auf diese Weise habe sie den armen Hungerleidern ihren Kies weggeschnappt.

Mag nun das eine oder das andere der Grund gewesen sein, jedenfalls war auch hier der Täter unbekannt, und es war nicht zu erwarten, daß er uns bekannt würde. Wir vertagten also die Angelegenheit, verwahrten den Nagel gut, versiegelten ihn mit rotem Lack und taten ihn zu den Unterlagen, wie es unseres Amtes ist.

Der Morgentau legte sich auf unsere Köpfe, und der Präfekt äußerte die Ansicht, daß das Protokoll doch im Haus des Gemeindevorstehers eröffnet werden könne. Ich fragte also dessen Vertreter, wie weit es bis dahin sei. »Ein Sprung nur, Exzellenz«, war die Antwort.

Wir glaubten ihm, machten uns auf die Beine und gingen drauf zu, bis unsere Glieder fast aus den Gelenken sprangen. Als wir endlich eintrafen, rief man von der kleinen Dorfmoschee zum Morgengebet. Ich ließ den Präfekten zurück, damit er mit dem Vertreter des Dorfvorstehers – letzterer wegen seines »Sprungs« – in Andacht verweilen könne, und machte mich an mein Protokoll und an die Vernehmung der Zeugen. Endlich war ich mit allem fertig. Ich wollte schon das Proto- koll abschließen, als ich merkte, welche Mühe man sich gab, den Tisch zu decken und uns ein Essen vorzusetzen. Ich sah, wie sich der Präfekt bald erhob, bald setzte, wie er unser Treiben beobachtete, dann hinausging und wieder hereinkam, ohne daß ich mir erklären konnte, was er anstellte. Schließlich hörte ich, wie er dem Dorfvorsteher in der Ecke zuflüsterte: »Hör zu, Bürgermeister! Seine Exzellenz der Staatsanwalt wünschen keinesfalls am frühen Morgen Lamm, Geflügel oder ähnliches, aber ein paar Täubchen auf Reis mit Mandelpastete und knuspriges, zartes Gebäck wären angebracht. Ein paar Brathähnchen würden auch nicht schaden. Saure Milch natürlich, gut für die Gesundheit. Auch ein paar in Butter gebratene Eier könnten es sein. Das würde reichen. Paß auf, Bürgermeister, daß es nicht zuviel wird, Seine Exzellenz der Staatsanwalt ist kein starker Esser. Schön, solltest du Bienenhonig in Waben im Haus haben, das wäre bestimmt auch recht. Und vielleicht noch ein paar Schafkäse und einen Napf mit verschiedenen Sorten von Fettgebäck. Es muß aber ganz leicht und hauchdünn sein, du weißt schon selbst.«

Als ich das vernahm, hielt ich inne, rot vor Scham; ich wußte nicht, was ich tun sollte. Am besten, jetzt schnell aufbrechen! Hastig faltete ich die Papiere zusammen, doch der Präfekt, der mich im Auge behalten hatte und meine Absicht durchschaute, eilte auf mich zu und fragte zögernd: »Fertig mit dem Protokoll?«

»Schon lange.«

Sein Blick glitt über den Tisch, auf dem noch nichts stand, und dann wieder zu mir. »Haben denn alle Zeugen schon ausgesagt?«

»Alle.«

»Und gibt's keinen mehr?«

»Nicht einen halben.«

Er ließ mich stehen, stürzte zur Tür hinaus und kam sogleich mit einem Burschen von der Straße zurück, den er hinter sich herzog. Er schubste ihn zu mir hin und zeigte auf ihn. »Hier, ein ganz wichtiger Zeuge! Er hat dazu etwas auszusagen.«

Ich äußerte meinen Zweifel über den möglichen Wert der Aussage dieses Menschen und bemerkte, daß die schon befragte Zeugen genügten. Aber der Präfekt bestand darauf, ich solle auch diesen vernehmen, er könne höchst wichtige Aussagen machen. Ich holte also meine Papiere wieder hervor und hatte mit meinen Fragen noch nicht begonnen, als der Gemeindevorsteher mit seinen Dienern erschien und Schüsseln auf den Tisch stellen ließ. Der Hausherr lud uns mit lauter Stimme zum Frühstück ein. Ich entschuldigte mich mit meiner Unpäßlichkeit und erklärte, daß ich morgens gewöhnlich nichts zu mir nähme. Der Vorsteher ließ einen saftigen Fluch hören, und er und der Präfekt zogen mich gewaltsam von der Stelle.

Ich sah mich sogleich auf dem Ehrenplatz an der Tafel sitzen und schickte mich drein. Einige Zeit verfolgte ich mit meinen Blicken, wie diese Geschöpfe, unter ihnen der Präfekt, bissen, schlangen, schluckten und so beschäftigt waren, daß sie gar nicht merkten, daß ich kaum von der Speise kostete.

Bald erhob ich mich unbemerkt und setzte mich wieder an meinen alten Platz. Ich wartete, blätterte in meinem Protokoll herum, bis ihre Bäuche vollgestopft waren, bis sie den letzten Rest von allem, was aufgestellt worden war, verzehrt hatten und aufstanden. Die fettigen Hände wischten sie sich am Tischtuch ab, das wohl seit zwei Jahren keine Seife gesehen hatte. Der Präfekt trat auf mich zu, rülpste und sagte:

»Ich glaube, wir müssen zurück. Das Protokoll ist ja abgeschlossen.«

»Und wann fragen wir diesen wichtigen Zeugen aus?« meinte ich und zeigte auf jenen Burschen, den er angeschleppt und jetzt allem Anschein nach vergessen hatte.

»Er ist weder wichtig noch sonst etwas«, sagte er nun plötzlich. »Na, Junge«, redete er ihn an, »hast du Wissenswertes zu sagen?«

»N-nein ...«

Da rief der Präfekt, wieder zu mir gewandt, aus: »Sehen Sie sich doch diesen Hornochsen an! Sagt mit strahlendem Gesicht, daß er nichts zu sagen hat! Lassen wir ihn, Exzellenz, machen wir uns auf den Heimweg!«

Wir traten den Rückweg an, als die Sonne schon hoch am Himmel stand, und waren noch nicht an der Präfektur angelangt, als uns der Feldwebel entgegengelaufen kam. Er überbrachte uns eine Mitteilung aus dem Emir-Krankenhaus, daß der Verwundete Kamar ad-Daula Ulwan die Besinnung wiedererlangt habe, wodurch die Möglichkeit bestehe, ihm Fragen zu stellen.

Kurz entschlossen gingen wir also ins Krankenhaus, denn es war zu befürchten, daß der Verwundete wieder in seine Bewußtlosigkeit versinken oder sich sein Zustand überhaupt verschlechtern könnte, ehe es uns gelungen wäre, ihm das Geheimnis von den Lippen zu locken.

Im Krankenhaus erkundigten wir uns nach dem Chefarzt. Man sagte uns, er sei im Operationssaal. Wir gingen auf dem Gang auf und ab und warteten. Niedrige Betten und Bahren auf Rädern, wie die Büfettwagen der Kellner auf den großen Bahnhöfen, wurden an uns vorübergeschoben. Wir sahen so etwas wie Räucherkessel und Sterilisierapparate, aus denen es dampfte und die auch auf Rädern rollten. Die Krankenwärter in weißen Kitteln liefen hin und her und schoben die Wägelchen, auf denen die Körper den Weg des Vergänglichen einschlugen oder in jenen fürchterlichen Saal fuhren und aus ihm wieder herauskamen, ohne daß sich auf ihren Gesichtern eine Spur von Sorge um Leben und Tod zeigte.

Einen Augenblick blieb ich gedankenverloren stehen, mir war, als stünde ich auf einem Bahnhof inmitten der Züge. War es denn nicht wirklich so, stand man hier nicht auf jenem Bahnhof, von dem der Kranke die Reise in die andere Welt antritt?

Wie zufällig blickte ich zum großen Krankenhaustor hinüber und sah, daß der Wachposten, ein Soldat, Gruppen von Frauen in schwarzer Kleidung und blauen Schleiertüchern zurückdrängte, die in ihrer Angst schrien und wehklagten. Ich begriff: in den nächsten Minuten würde man ihnen einen Leichnam hinwerfen, denn Tag für Tag geschieht es, daß man ein, zwei Leichen außerhalb der Mauern dieser Stätte den Krallen der Trauer preisgibt, die das Tor belagert mit indigoblauen Zähnen und mit Pfoten voller Schmutz und Staub.

Endlich öffnete sich die Tür zum Operationssaal, und ein Krankenwärter mit einem Eimer halbgeronnenen Blutes und Fleischstücken wie Hammelgekröse trat heraus. Unwillkürlich warf ich einen Blick darauf. Der Mann meinte, das alles komme aus dem Leib einer Frau, die auf dem Operationstisch unter der Chloroformmaske liege. Ich erstarrte vor Entsetzen. Der Präfekt beeilte sich, in meinem Namen unser Anliegen vorzubringen, daß wir möglichst bald vom Chefarzt empfangen sein wollten. Der Wärter verschwand, kam sogleich zurück und hielt uns die Tür zum Saal auf.

Ich faßte mir ein Herz und ging hinein, meine Begleiter folgten mir. Lächelnd empfing uns der Chefarzt, wobei er in seinem weißen Umhang über etwas gebeugt blieb, das auf dem Tisch vor ihm lag. Er hatte die Ärmel aufgekrempelt und hielt ein Instrument in den Händen, das wie eine Zange aussah. Um ihn herum stand ein Häufchen Freunde, keineswegs Ärzte, denn unter ihnen erkannte ich einige Prominente unseres Ortes, die sich in ihrer üblichen Kleidung eingefunden hatten. Als ich näher trat, sah ich, daß vor ihm der Körper eines Mädchens lag; ein Riesenschnitt zog sich von der Brust bis zum Unterleib. Die Zange in der Hand des Arztes raffte die auseinandergeteilte Haut zusammen und nähte sie mit etwas zu, das wie kleine Nägel anmutete. Das geschah mit außerordentlicher Schnelligkeit, wobei er sich scherzend und lachend mit seinen Besuchern unterhielt, wie ein Zauberkünstler, der sich mit seiner Fingerfertigkeit und Berufserfahrenheit zur Schau stellt.

Ich sah in das ermattete Antlitz des Mädchens, das wie tot dalag, und betrachtete die Haut ihres Leibes, die von einer langen Naht von Nägeln durchzogen war und dem Schuhleder unter den Händen eines Flickschusters glich. Mir drehte es sich im Kopf, es war zu befürchten, daß ich die Besinnung verlieren würde. Ich mußte mich auf die Kante des Operationstisches stützen. Der Arzt, der meine Blässe bemerkte, wandte sich von der Kranken ab und blickte mich beunruhigt an. Ich ging aber schnell hinaus und sagte, doch meine Stimme kam nur halb aus der Kehle: »Ich warte draußen auf Sie, Doktor, bis Sie mit der Operation fertig sind.«

Der Präfekt wollte wissen, was mit mir wäre, denn er konnte es sich nicht erklären. Ich habe wirklich schon vielen Obduktionen beigewohnt und oft genug zerstückelte Körper und geöffnete Leichen gesehen, ohne aus der Fassung geraten zu sein, doch waren das immer leblose Leiber gewesen. Vielleicht verwirrte es mich so ungewöhnlich, an diesem Ort Lebendiges genau wie Totes behandelt zu sehen? Oder hatte sich von dem Chloroformgeruch etwas in der Luft des Saales gehalten, das mir in die Nase gedrungen war, als ich mich dem Mädchen genähert hatte?

Draußen an der frischen Luft kam ich wieder zu mir. Wir setzten uns in das Zimmer des Chefarztes, tranken einen Kaffee, den wir uns vom Oberpfleger hatten bringen lassen, und warteten. Dann kam der Herr des Hauses und führte uns voller Liebenswürdigkeit in den Flügel, in dem der Verwundete untergebracht war.

Wir durchschritten Korridore, in denen Bett an Bett stand, denn die Räumlichkeiten konnten so viele Unglückliche gar nicht fassen. Wir sahen die Genesenden in blauen Jacken, die gierig ihren Brei aus kleinen Aluminiumschüsseln aßen und uns, die wir in Begleitung des Chefartztes kamen, anstarrten, wie die Affen des Tierparks ihren Wärtern mit Blikken folgen, wenn diese hohen Besuch herumführen.

So gelangten wir zu Kamar ad-Daula. Er lag unbeweglich auf seinem Lager. Der Chefarzt nahm vom Kopfende jene Tafel ab, auf der der Verlauf der Krankheit eingetragen wird, und las uns medizinische Aufzeichnungen vor, die ich aber zunächst nicht zu berücksichtigen brauchte.

»Dürfen wir also Fragen stellen?«

Der Arzt antwortete leise: »Ich glaube schon, aber ganz kurz.« Er trat an den Verwundeten heran und rief ihn mit sanfter Stimme an. Dieser öffnete ein wenig seine glanzlosen Augen, die nichts zu sehen und auf nichts Bestimmtem zu verharren schienen. Ich neigte mich über ihn und fragte: »Kamar ad-Daula, wer hat auf dich geschossen?«

Er antwortete nicht. Ich fragte ihn noch einmal. Er öffnete die Lippen, aber er sagte nichts. Ich fragte wieder, und unter sichtlicher Anstrengung brachte er ein einziges Wort hervor: »Rim.«

Ich stutzte. Dann blickte ich nach rechts und nach links und sah, daß der Präfekt und der Protokollschreiber ebenso wißbegierig und erstaunt dastanden wie ich. Ich schaute dem Verletzten wieder ins Gesicht. »Kamar, sprich deutlich!« Keine Antwort.

»Soll das heißen, daß Rim selbst ...« Er bewegte sich nicht.

»Kamar! Ulwan! Sprich doch! Du mußt sprechen, nur ein Wort! Wer war es? Wer hat geschossen?« Doch wir verlangten Unmögliches. Er hatte die Augen geschlossen, auf seiner Stirn perlte der Schweiß. Der Chefarzt nahm mich bei der Hand und führte mich weg. »Es ist genug.«

Ich sah den Präfekten verzweifelt an. »Genug?«

Ist überhaupt etwas geklärt worden? Wir waren uns beim Kommen viel klarer als beim Gehen. Wäre doch dieses Wort, das der ausgetrocknete Mund unter so großer Anstrengung hervorgebracht hatte, nicht ausgesprochen worden!

14. Oktober

Ich ließ den Präfekten seinen Amtsgeschäften nachgehen und kehrte in mein Staatsanwaltsbüro zurück. Mein Assessor, dem meine Rückkehr gemeldet worden war, kam mir entgegen, als wolle er mich begrüßen, doch im Grunde war er verärgert, da ich ihn nicht aufgefordert hatte, mich zu dem Fall der vergangenen Nacht zu begleiten. Und ich mußte mir eingestehen, daß ich ihn ganz und gar vergessen hatte. Mein Wunsch, den Präfekten in der vergangenen Nacht nicht allein zu lassen, hatte mich offensichtlich um jeden anderen Gedanken gebracht. Übrigens war es doch nur eine Lappalie gewesen, aus der einzig der Bauch des Herrn Präfekten Gewinn gezogen und bei der nur der Geldbeutel des Herrn Gemeindevorstehers Schaden genommen hatte. Ach, diese bedauernswerten Dorfchefs!

Es stellte sich auch al-Hagg Chamis, der Gerichtsdiener, ein, und ich verlangte eine Tasse leichten Tee. Dann widmete ich mich meinem Assessor, der sich, nur um plaudern zu können, mit mir unterhalten wollte, er schien geradezu hungrig auf Worte zu sein. Die Einsamkeit während meiner Abwesenheit hatte ihn fast umgebracht. Das Land ödete ihn an. Hier gab es kein einziges Café, in dem eine Person seines Ranges hätte verkehren können, nur den Laden des griechischen Krämers Tanaschi, vor dem zwei Holztische und ein paar Rohrsessel standen, was die Leute die »Trinkstube« nannten. Aber selbst der Grieche trug schon den Fellachenkittel, und nichts als die Farbe seiner Haut und seiner Augen deutete darauf hin, daß er Europäer war.

Wo soll dieser junge Mann, der vor wenigen Tagen aus der Hauptstadt mit all ihrem Trubel, Lichterglanz und ihren Vergnügungen angereist kam, hier Unterhaltung und Zeitvertreib finden? Jetzt sieht sein Auge nur die wenigen, meist baufälligen Gebäude und die mit Baumwoll- und Maisstroh gedeckten Bauernhütten, die von Straßendreck, Kot und Mist erdig und dunkel geworden sind. Zusammengewürfelt liegen sie als kleine Dörfer oder als Gutsbetriebe in den Feldern und gleichen den Behausungen wilder, die Fluren durchstreifender Tiere. Diese termitenbauartigen Wohnhöhlen, in denen das unglückliche Fellachenvolk wie Gewürm lebt, sind wirklich das einzige, was man in diesen Gegenden zu sehen bekommt, und um die unsagbare Traurigkeit ganz zu ermessen, muß man sich das Schweigen hinzudenken, das auf dem Dorf lastet, sobald die Sonne untergegangen ist. Dann hört man höchstens von Zeit zu Zeit Rinder brüllen, Hunde bellen, Esel schreien, Schöpfräder, Brunnen und Pumpen knarren und quietschen und einige Schüsse in tiefer Nacht, die die Wächter der Grundbesitzer oder der Gemeinden abfeuern, um einen Eindringling zu verscheuchen oder einfach um sich Mut zu machen.

Von dieser Beklemmung möchte sich nun mein Assessor befreien, aber was kann man gegen die Langeweile auf dem Lande tun? Heiraten? Dumme Späße treiben? Bücher lesen? Oder Erinnerungen schreiben, wie ich es halte, sobald sich mir die Gelegenheit dazu bietet?

Mein junger Freund gedachte in den »Club« zu gehen, er hatte jedoch keine Ahnung, wie es darum bestellt war. Diesen Namen hat man nämlich einem Raum in einem alten Haus verliehen, zu dem eine Holztreppe hinaufführt und der von einer kugelförmigen Gaslampe erhellt wird, der einzige verehrungswürdige Gegenstand im ganzen Raum. Clubmitglieder sind natürlich die Herren von der Präfektur, der Arzt des Ortes, ein paar Standespersonen und Angestellte und der Apotheker. Ihre einzige Beschäftigung, der sie sich hier hingeben, besteht in Kartenspiel, Tricktrack und Klatsch.

Schickt es sich aber für einen hohen Vertreter der Kreisbehörden, in solcher Gesellschaft zu verkehren? Meinem Assessor erklärte ich: Ich für meine Person sei der Auffassung, daß sich ein Angehöriger der Staatsanwaltschaft davon fernhalten müsse, besonders wenn er von aller Welt geachtet zu werden wünsche. Ich würde nie den Tag vergessen, sagte ich, an dem mich die Herren von der Präfektur mit dem hiesigen Richter zum Abendessen in den Club eingeladen hätten, um die Versetzung eines ihrer Kollegen zu feiern. Ich hätte keine Möglichkeit gesehen, mich zu entschuldigen, und sei also hingegangen. Neben dem Gedeck hätten Whiskygläser gestanden, die man mir und dem Richter bis zum Rand gefüllt habe. Dieser habe nicht weiter achtgegeben, habe getrunken und getrunken und drauflosgeschwatzt und sei in Gelächter ausgebrochen, selbst wenn es nichts zu bemerken oder zu lachen gegeben hätte. Der Präfekt, der auch zuviel getrunken habe, sei an mich herangetreten und habe mir spöttisch ins Ohr geflüstert: »Seine Exzellenz der Richter hat alle Vorsicht fahren lassen.« Weiter hätte ich nichts hören wollen. Ich sei in aller Stille aufgebrochen, ohne daß die angeheiterte Gesellschaft davon Notiz genommen habe, und hätte seit jenem Tag den Club nicht mehr betreten.

Mein Assessor pflichtete meinen Worten bei, und ich hätte noch eindringlicher an ihn appelliert, um ihn in seiner Haltung zu bestärken, aber al-Hagg Chamis kam mit dem Glas Tee herein, bei dessen Anblick es mir entfuhr: »Was bringst du denn da? Hättest mir lieber Kopiertinte zum Trinken holen sollen, das hätte wenigstens nicht so lange gedauert!«

»Gesegnet sei der Prophet, Exzellenz!« antwortete er beschwichtigend. »Ich bin hier schon zwanzig Jahre Gerichtsdiener und habe allerlei Leute und Beamte gesehen, doch, bei Allah, glauben Sie mir, am Gericht ist nur der bittere Tee dienlich, der nach Fernet schmeckt.«

Ich sträubte mich noch ein wenig, fügte mich aber schließlich notgedrungen. »Ist die Gerichtsakte schon bitter, warum soll es nicht auch der Gerichtstee sein! Gib schon her!«

Der Alte stellte das Glas vor mir auf den Tisch und ging. Ich hatte erst einen Schluck genommen, als sich die Tür schon wieder öffnete. Abd al-Maksud Efendi, der Vorsteher der Kriminalkanzlei, trat in seiner unerträglichen Wichtigkeit ein.

»Vier Fälle in flagranti!« sagte er.

»Her mit ihnen!«

Er ging und schickte mir den Wächter, der die Zeugen und die festgenommenen Personen hereinbrachte. Ehe wir die Beschuldigten aufriefen, blätterten wir in den Papieren. Ich behielt mir drei Fälle vor, und den vierten, auf den ich einen flüchtigen Blick geworfen hatte und den ich für leicht hielt, gab ich meinem Assessor. »Einen Topf voll Mais hat er gestohlen«, sagte ich. »Wir werden bei solch einem einfachen Fall auf keine Schwierigkeiten stoßen. Fragen Sie nur drauflos und sehen Sie mit Allahs Hilfe zu, daß er geständig wird!«

Der Assessor ließ eine gewisse Bestürzung erkennen, denn es war das erste Mal, daß er einen Angeklagten vernehmen sollte. Er langte nach den Unterlagen und begann zu lesen, Wort für Wort, und dann las er noch einmal alle Absätze durch, es waren ihrer fünf. Ich hatte meinen Packen, der viel, viel größer war als seiner, schon erledigt, während er noch immer an der Vorbereitung der vollständigen Zusammenfassungen und über dem Resümee der Zusammenfassungen saß und sich noch die beabsichtigten Fragen ausarbeitete, die wie Bomben vor der Brust des Diebes explodieren sollten, der einen Topf Mais gestohlen hatte.

Ich mußte mir das Lachen verkneifen. Aber schließlich war es mir am Anfang meiner Juristenlaufbahn nicht anders ergangen, ja das Schicksal war mit mir strenger als mit diesem Jüngling verfahren, denn es hatte mir eine Unterschriftenfälschung aufgehalst. Das war meine erste Berührung mit dem Verhör. Nie werde ich die Ängste vergessen, die mich damals überkamen, als der Angeklagte so unerschütterlich vor mir stand, so schlagfertig. Mit einer Selbstverständlichkeit trat er vor die Richter hin. Alle Fragen, die ich mir zurechtgelegt hatte, waren wie weggefegt, ich wußte nicht, womit ich beginnen sollte. Der Mann stand aufrecht da, blickte kaltblütig drein und wartete, daß sich mein Mund auftue oder Allah mir eine Frage eingebe. Ich brach in Schweiß aus. Ich sah, dem Angeklagten erging es bedeutend besser als mir, er war seiner sicher und war viel mehr Herr der Lage. Mir schien sogar, daß er sich heimlich über mich lustig mache. Dank sei jenem Gerichtssekretär, einem Mann mit viel Erfahrung, der in seinem Leben bestimmt schon Dutzende von neuen Assessoren erlebt hatte! Er begriff, was in mir vorging, kam mir zu Hilfe und machte mir klar, mit welcher Frage die Vernehmung zu eröffnen sei. Ich akzeptierte diese Hilfe mit einer gewissen Gekränktheit und mit Hochmut, ohne die Notwendigkeit für sein Eingreifen erkennen zu lassen. Wie diesen alten Sekretär gibt es viele, die voller Rechtskniffe sind, welche verschmäht werden, voller Verdienste, die allen unbekannt sind. Einmal sagte mir einer, wobei er auf einen hohen Justizbeamten wies: »Denen zeigen wir, wie man es machen muß. Sie finden dann ein gutes Fortkommen, werden Richter und Räte, während unsereiner immer auf derselben Stelle tritt, nicht steigt, nicht fällt, wie der Esel, der auf dem Mist herumtrampelt.«

An all das mußte ich wieder denken, als ich das ratlose Gesicht meines jungen Assessors sah, und mir war völlig klar, daß ich seine ersten Schritte persönlich überwachen mußte.

Ich hieß ihn all die Zusammenfassungen sein zu lassen und läutete mit der Glocke. Der Pförtner kam herein, und ich ließ den ersten Angeklagten rufen. Es war ein Fellache im vorgerückten Alter, aus dessen Kragen blau und grau schimmernde Haare wie die einer alten Hyäne hervorquollen. Meinem Assessor riet ich, er solle ruhig die Fragen so stellen, wie sie ihm gerade einfielen. Ich bemerkte, wie er unschlüssig wurde, errötete und zögerte; doch dann fing er sich wieder und sprach den Angeklagten an: »Du hast einen Topf Mais gestohlen!«

»Vor Hunger«, antwortete sogleich der Alte mit ausgemergelter Stimme.

Der Assessor sah mich an und rief triumphierend aus: »Der Angeklagte hat den Diebstahl gestanden!«

»Ja, wer hat denn gesagt, daß ich leugne?« antwortete treuherzig der Mann. »Ich hatte wirklich Hunger, ging also ins Feld und füllte mir einen Topf.«

Der Federhalter in der Hand des Assessors hielt inne. Nun wußte er nicht weiter und wandte sich, Hilfe suchend, an mich. Da fragte ich den Mann: »Hör mal, warum arbeitest du denn nicht?«

»Exzellenz, geben Sie mir Arbeit, und ich sollte mich schämen, wenn ich da nicht zupackte. Aber arme Leute wie unsereiner finden einmal etwas zu tun und dann zehnmal nichts als Hunger.«

»Dem Gesetz nach bist du des Diebstahls beschuldigt.«

»Exzellenz, ich gebe Auge und Kopf für das Gesetz. Allahu akbar, aber das Gesetz muß auch Verstand haben und wissen, daß ich aus Fleisch und Knochen bin und essen muß!«

»Hast du einen, der für dich bürgen kann?«

»Ich bin ganz allein vor Allahs Tor.«

»Kannst du Strafe zahlen?«

»Wenn ich könnte, hätte ich mir etwas zu essen gekauft.«

»Wenn du fünfzig Piaster Strafe zahlst, Mann, kannst du wieder gehen.«

»Fünfzig Piaster! Bei Eurem Haupt, ich habe seit zwei Monaten kein Geldstück mehr zu sehen bekommen! Ich weiß schon gar nicht mehr, wie so ein halber Piaster aussieht. Ich kann mich jetzt wirklich nicht erinnern, hat er nun ein Loch in der Mitte, oder ist es inzwischen zu.«

Ich wandte mich an den Assessor und diktierte ihm die Worte meiner Entscheidung: »Vier Tage Untersuchungshaft für den Angeklagten mit der Maßgabe, daß er nochmals zur Vernehmung vorgeführt wird. Akte anlegen und Fingerabdrücke abnehmen! – Wachen, führt ihn ab!«

Der Mann küßte sich die Hände auf beiden Seiten und lobte Allah. »Was ist schon? Gefängnis ist schön. Dort ist wenigstens immer ein Bissen zu haben. Möge Allah Sie segnen!« Er schleppte sich mit den Fesseln an den Handgelenken hinaus.

Mein Assessor beruhigte sich wieder und atmete beim Verschwinden seines Angeklagten sichtlich auf.

Ich rief den nächsten Fall auf. Es erschien ein Wächter in Begleitung eines anderen. Sie öffneten weit die beiden Flügel meines Amtszimmers und stießen mehr als dreißig Personen, Männer, Frauen und Kinder, herein, die mit Palmfaserstricken gebunden waren, denn für so viele hatte man in der ganzen Präfektur nicht genug Handschellen auftreiben können. Bei ihrem Anblick mußte ich unwillkürlich ausrufen: »Du meine Güte! Ist das etwa Vieh, das ihr auf den Wochenmarkt treibt? Bindet sie los, Wachen!«

Und ein Wächter, der mit den Zähnen einen Knoten lokkerte, antwortete: »Exzellenz, wir haben bei ihnen Haussuchung gemacht und verbotene Sachen gefunden. Bei anderen aus dieser Gegend sollen mit Wissen des Offiziers und der Kamelreitertruppe noch Haussuchungen, vielleicht auch Verhaftungen vorgenommen werden.«

Ich ließ den Blick über die Leute schweifen, überlegte mir noch einmal die Anklage, die ich gerade auf den Blättern vor mir gelesen hatte, und fragte: »Verbotene Sachen?«

»Kleidung, Efendi«, verbesserte der Wächter.

Ja, das hatte ich soeben gelesen. Ein Lastauto, schwer mit verschiedenartiger Woll- und Baumwollkleidung, wie Mänteln, Jacken und Unterhosen, sowie mit Lederschuhwerk aller Art beladen, das die Ware im Auftrag einer der bekanntesten Firmen Kairos transportierte, war eines Nachts über die Brücke hinter jenem Dorf gefahren und hatte dabei einen großen Packen verloren, der in den Kanal gefallen und auf dem Grund liegengeblieben war, bis sich der Wasserspiegel gesenkt hatte und die Waren zum Vorschein gekommen waren. Die ganze, völlig verarmte Region stürzte sich auf diesen einmaligen, unvergleichlichen Schatz. Die Hände wühlten um die Wette in der Last, die im Schlamm ruhte, um ihr zu entreißen, was sie gerade erwischen konnten. Wer eine Wollunterhose hervorzog, streifte sie sich sogleich über den blauen Fellachenkittel; war es ein Mantel aus Tuch, den einer erbeutete, so kroch er mit der Wolldecke, in die er gewickelt war, hinein, und waren es Lackschuhe, so steckte er seine Füße in sie, allerdings ohne Socken. Die Bewohner liefen vergnügt und zufrieden durch die Gegend. »Der Fluß hat Kleidung, der Fluß hat Kleidung!« riefen sie, bis sie von den Männern des Polizeipostens gesehen wurden, die, über solchen

Wohlstand erstaunt, den sie in Verbindung mit den Leuten als »verbotene Sachen« ansahen, zu ihrem Erstaunen schließlich das Geheimnis lüfteten.

Ich hielt es für gut, meine Frage zuerst an alle gemeinsam zu richten, um ihnen ein Geständnis zu entlocken, das mir meine Aufgabe erleichtern würde. Ich blickte sie alle scharf an. »Habt ihr die Kleider gestohlen?«

Eine tiefe und ernste Stimme aus ihrer Mitte antwortete mir: »Keineswegs! Wir haben, bei Allah, nie gestohlen und wissen auch nicht, was Diebstahl ist. Der Fluß hat uns den Packen zugeworfen, und jeder von uns nahm sich sein Teil.«

Ich entgegnete sofort: »Sein Teil? Aber ist denn der Pakken Eigentum des Flusses, oder gehört er den Europäern?«

Der Mann mit der tiefen und ruhigen Stimme erwiderte: »Wir glauben nicht, Exzellenz, daß er Eigentümer hat. Allah möge dich erheben! Habe Mitleid mit den armen Fellachen!«

»Die Frage ist eine Frage des Gesetzes, das Gesetz entscheidet. Jeder, der etwas findet, was einem anderen gehört, und es mitnimmt in der Absicht, es sich anzueignen, handelt als Dieb. Ist euch das bewußt?«

»Das wissen wir, Exzellenz. Aber ... die Kleider lagen vor unseren Augen, und der Fluß hat sie uns zugeworfen, und ein jeder von uns hatte, mit Verlaub, nichts anzuziehen.«

»Glaubst du, guter Mann, die Welt ist ein Durcheinander ohne Gesetz und Regierung?«

Es schien, als verliere er nun die Geduld. »Von der Regierung haben wir nichts«, murrte er, »und erwarten auch nichts Gutes. Sie kleidet uns nicht und läßt nicht zu, daß wir uns kleiden.«

»Ich muß euch ins Gefängnis werfen.«

»Exzellenz, Ihr habt unsere Wohnungen durchsuchen lassen und uns die Kleider weggenommen. Die Kinder, die froh herumspaziert sind, weinen jetzt. Wir sind wieder, was wir waren, nicht mehr und nicht weniger. Muß man uns jetzt noch ins Gefängnis werfen?«

»Ich kann euch in Freiheit setzen, wenn ihr mit einer Geldsumme haftet.«

»Geld? Die Fellachen sind nackt, Herr Staatsanwalt.«

»Los, geht bitte, ehe ich euch hinauswerfe! Ich habe Kopfschmerzen. Mit Leuten wie euch zu diskutieren ist verlorene Zeit. Das Gesetz entscheidet, und ich bin durch die Vorschriften mehr gebunden als ihr mit den Stricken da an euren Händen. Für mich ist die Frage vor allem eine Frage des Gesetzes. – Vier Tage Haft für alle Angeklagten, und danach sollen sie wieder zur Vernehmung vorgeführt werden. Akte für sie anlegen und die Fingerabdrücke von ihnen abnehmen. – Los, Wachen, führt sie ab!«

Sie gingen alle hinaus, in einer langen Reihe, und am Ende schritt ein Mann, der vor sich hin brummte: »Man steckt uns ins Gefängnis, weil uns Allah gekleidet hat.«

Wir hatten wieder Ruhe. Aber im Zimmer verblieb ein scheußlicher Gestank. Ich rief den Pförtner herbei, der die Fenster öffnen mußte. Er fluchte dabei leise über jene weißen Büffel: man dürfe sie eben nicht in die Büros der Regierung lassen.

Ich sah meinen Assessor an, der, den Kopf gesenkt, in Gedanken verloren dasaß, und hätte zu gern gewußt, was ihn beschäftigte. Ob er noch irgendwie beeindruckt war? Ob das Feingefühl und die edle Empfindung, die er mitbrachte, wie wir sie alle einmal zu Beginn unserer Beamtenlaufbahn auf dem Lande hatten, weiterlebten oder ob sie den Weg alles Irdischen gingen?

Doch plötzlich hörten wir einen kräftigen Knüppelschlag gegen die Tür donnern, an dem wir den Präfekten erkannten. Atemlos kam unser Freund hereingestürzt und schrie: »Rim, das Mädchen ...«

»Was ist los?« Ohne daß ich es wollte, war es mir voller Besorgnis herausgeplatzt.

Der Präfekt ließ sich in einen Sessel fallen, während ich mit mühsam beherrschter Erregung an seinen Lippen hing. Aber er wandte sich an den Pförtner, der an der Tür stand. »Bring zu trinken, bei deinen Augen!« Er zog sein kunstseidenes Schnupftuch aus der Tasche und wischte sich über Gesicht und Kopf. Ich war äußerst gespannt. Endlich sagte er zu mir: »Entwischt ist sie.«

Ich blickte ihn lange an. »Im Ernst?«

»Mit diesem Hund von Scheich ist sie abgehauen.«

»Mit Scheich Usfur?«

»Schwarz soll ihm dieser Tag sein!«

»Und was ist nun zu tun?«

»Ich habe ihnen sofort eine Abteilung Kamelreiter auf die Fersen gehetzt, auf allen Landwegen.«

Wir blieben wortlos sitzen, und unsere Gedanken gingen in verschiedene Richtungen.

15. Oktober

Der Präfekt hielt sich nicht lange in meinem Zimmer auf. Er brach in aller Eile auf und blieb spurlos verschwunden. Ich rief mehrmals in der Präfektur an, aber keiner konnte mir mitteilen, wo er sich aufhielt. Man wußte nur, daß er zusammen mit dem Inspektor im Fordwagen weggefahren und bisher nicht zurückgekehrt war.

Ich wartete den ganzen Tag, um von ihm etwas zu hören, aber der Tag verstrich, die Sonne ging unter, und meine Geduld war am Ende. Ich ging nun selbst zur Präfektur, doch mehr Gewißheit bekam ich auch nicht. Irgend jemand sagte mir: »Vielleicht ist er im Club. Zu dieser Zeit ist er gewöhnlich dort.«

Ohne Zögern ging ich zum Club. Die Mitglieder empfingen mich mit einigem Erstaunen; bald aber boten sie mir, als Ausdruck größter Ehrerbietung, den einzigen unbeschädigten Sessel an, der im Raum stand. Ich fragte nach dem Präfekten, und man sagte mir, bis jetzt hätte er sich nicht gezeigt und sie selbst wunderten sich, daß er noch nicht eingetroffen sei. Als sie von mir efuhren, daß er schon seit dem Vormittag mit dem Inspektor und dem Transportwagen fort sei, riefen sie alle wie aus einem Munde: »Keine Macht und Kraft außer bei Allah! Welch ein Unglück!«

Und eine Stimme ließ sich vernehmen: »Wir sind verloren, und unser Geld auch! Möge Allah unseren Schaden heilen!«

Zunächst verstand ich gar nicht, was sie damit sagen wollten, aber ein Blick auf den Tisch, auf dem die Spielkarten umherlagen, die auf die Spieler warteten, genügte, mich sofort ins Bild zu setzen.

Man hatte mir ja schon davon erzählt, daß der Präfekt im Club nie verlor. Zu Monatsbeginn gewann er immer die Gehälter seiner Angestellten, und im Laufe des Monats lieh er ihnen das, was sie zum Essen und Leben brauchten, damit sie vor dem nächsten Zahltag nicht Hungers stürben. Und dann spielte er wieder mit ihnen, gewann wieder ihr Geld, lieh wiederum, damit sie durch den Monat kämen, und so ging es ständig weiter. Sie waren an dieses Leben gewöhnt und waren damit auch zufrieden, denn sie trösteten sich mit den Worten: »Ist ja gleich, ob das Geld in unserem Beutel ist oder ob es der Herr Präfekt hat. Es kommt immer auf ein und dasselbe raus.« Einzig der Gedanke, der Präfekt könnte mit dem Geld auf und davon sein und in einem anderen Bezirk spielen, erregte sie und stürzte sie in die schlimmsten Befürchtungen. Denn der Präfekt hatte es mitunter satt, mit diesen Bankrotteuren zu spielen, die sich ganz verausgabt hatten. Manchmal wählte er aus ihrer Mitte ein paar aus, mit denen er wie mit einer Fußballmannschaft in den Nachbarkreis zu einer Partie fuhr, manchmal fuhr er allein oder mit dem Inspektor in den nächsten Ort, nur auf zwei Spiele; es kam aber auch vor, daß man im Club einen hervorragenden Spieler von außerhalb empfing. Und bei diesen erbitterten Wettkämpfen schwebte der Geldbeutel des Präfekten, das heißt die Gehälter des Kreisamtes, in Gefahr.

Ich konnte aber bald die Gemüter besänftigen, indem ich den Anwesenden erklärte, daß der Präfekt aller Wahrscheinlichkeit nach wegen eines Falles, der uns gerade beschäftige, ausgefahren sei. Damit gaben sie sich auch zufrieden. Sie verharrten zunächst eine Weile in Höflichkeit und Respekt, doch beim Kaffee kam ihre Unterhaltung wieder in Gang, und sie schwatzten drauflos, bis einer wie zur Begrüßung das Wort an mich richtete: »Uns hat Allah der Almächtige vollauf entschädigt, Exzellenz, denn er hat uns die Ehre Ihres Besuches zuteil werden lassen. Der Herr Richter meidet nämlich schon seit längerem unseren Club, ein Mißverständnis war die Ursache ...«

Ich schaute den Sprecher an, und in meinen fragenden Augen muß etwas gelegen haben, das ihn veranlaßte, die Sache näher zu erklären: »Ja, ja, ein Mißverständnis zwischen ihm und Exzellenz, dem Präfekten!« Und nun ging er ganz zu Klatsch und Tratsch über. »Das Zerwürfnis rührt von einem Streit her, der sich unter den Frauen, der Gattin des Herrn Richters und der des Herrn Präfekten, abgespielt hat.«

Ich senkte wortlos den Kopf; die Versammelten mußten aber wohl annehmen, daß ich gern noch mehr erfahren hätte, denn einer aus ihrer Mitte fuhr fort: »Nach dem, was man kürzlich vernommen hat, müssen beide Frauen auf ihrem Balkon erschienen sein und sich in das allerschlimmste Gezänk verstrickt haben. Um ihre Freundin zu ärgern, soll die Frau des Präfekten im Dienstrock ihres Gemahls mit Krone und Sternen auf den Achseln raufgekommen sein, den Kopf, mit Verlaub, in ein linsengetupftes Schleiertuch gehüllt, und hinübergerufen haben: ‘Armseliges Volk seid ihr doch alle! Euch folgt nur ein zerlumpter, krummer Pförtner auf dem Fuße, der sich das Haar färben läßt! Uns aber steht die ganze Präfektur mit Gendarmen und Soldaten zu Diensten, und die grüßen uns stramm!’ Darauf ist die Richtersfrau hinuntergegangen, hat sich die rote Schärpe, das Zeichen der Amtswürde, über das rosa Barchentkleid gehängt und hat sich so auf dem Balkon wieder eingefunden. ‘Halt dein Maul, dummes Weib!’ soll sie zurückgeschrien haben. ‘In Wirklichkeit habt ihr nur über ein paar Dummköpfe von Gendarmen zu befehlen. Wer kann hier im ganzen Ort mehr einsperren, aufhängen und “Beschluß des Gerichts ist …” sagen als wir?’«

Solches mit anhören zu müssen geschah – ich spürte es – nicht ganz ohne meine Schuld, und sobald ich den Kaffee getrunken hatte, stellte ich meine Tasse geräuschlos auf den Tisch, erhob mich, verabschiedete mich mit einem Gruß und ging.

Ganz in Gedanken strebte ich meiner Wohnung zu. Ich schritt gemächlich aus, denn ich hatte noch gar keine Lust, mich wieder innerhalb meiner vier Wände in Berge von längst fälligen Anzeigen zu vergraben und die Nase in Aktenstaub zu senken. Außerdem wollte mir das Verschwinden des Präfekten überhaupt nicht aus dem Sinn gehen.

Ob er sie gefunden hat? Und wenn, wohin mag er sie gebracht haben? Und was zum Teufel ist mit Scheich Usfur los?

Das seltsamste an der Geschichte ist doch, daß uns der wunderliche Sperling* diese Lilie hat entführen können, ohne daß es uns auffiel. Auf ihn haben wir tatsächlich kein Auge gehabt, und mit Leichtigkeit und Gewandtheit hat er sie den Händen des Präfekten entrissen, den Händen des Präfekten wohlgemerkt, nicht den meinigen. Aber noch seltsamer ist, daß ihm das Mädchen gefolgt und willig mit ihm gegangen ist, denn so viel ist klar: er hat in ihr keinen Abscheu erweckt und sie auch nicht mit Gewalt entführt. Was ist also das Geheimnis seines Einflusses, seiner unwahrscheinlichen Autorität, zumal er sie doch kaum gekannt hat und die beiden noch gar nicht lange im Einvernehmen stehen können! Hat er sie zur Flucht angestiftet? Was aber sollte sie zur Flucht veranlaßt haben? Sollte sie schuldig sein? Kann die erwachende Schönheit überhaupt schuldig sein, oder liegt es an uns, wenn wir schlecht von der Schönheit denken? Mir jedenfalls fällt es schwer, zu glauben, Schönheit sei nicht mit Tugend gepaart: wirkliche Schönheit und wirkliche Tugend sind eins.

Doch ich erinnere mich, als wir den verwundeten Kamar ad-Daula nach dem Täter fragten, war nur ein einziges Wort über seine Lippen gekommen, das mir immer noch schauerlich in den Ohren klingt: »Rim«. Warum aber hatte das Mädchen dann den Entsetzensschrei ausgestoßen, als sie von dem Verbrechen erfuhr? Hatte sie sich verstellt? Ihr »Ach« hatte mich die ganze Nacht verfolgt, und ich bin mir sicher, daß der Präfekt, der zumindest Erfahrung im Umgang mit Fellachinnen haben muß, genauso wie ich davon beeindruckt war. Wenn solch ein armes Mädchen fähig war, uns zu täuschen, dann wäre es wirklich besser, man steckte uns in ein Verließ mit wilden Tieren und stellte uns nicht der Seele der Menschen gegenüber, damit wir in die verborgensten Falten eindringen und das tiefste Geheimnis entdecken.

Ich hing solchen Überlegungen nach und ging wie im Traum zum Krankenhaus. Vor dem Portal fiel mein Blick wie

---

* Wortspiel: Usfur ist die arabische Bezeichnung für »Sperling«.

zufällig auf das gewohnte Bild: Männer, Frauen und Kinder hockten davor, eigentlich nichts Auffälliges. Doch ich hatte den Gruppen noch nicht den Rücken gekehrt, als ich plötzlich innehielt: an der Mauer, ein paar Ellen von jenen Leuten entfernt, saß doch Scheich Usfur auf dem Boden; er hielt das Gesicht zur Erde gekehrt und kratzte mit seiner Gerte Striche vor sich hin, und neben ihm kauerte das Mädchen, das vor Müdigkeit oder Trauer den Kopf an die Wand gelehnt hatte. Nun begriff ich. Sie war zum Krankenhaus gekommen, um sich nach dem Befinden des Verwundeten zu erkundigen, und hatte den gewitzten Scheich als Begleiter, Gefährten und Beistand mitgenommen. Unser Scharfblick hätte nicht in die Ferne schweifen sollen!

Was sollte ich nun aber tun? Ich war ganz allein, und mir standen nur die mir zugeteilten Polizisten zur Verfügung. Ich mußte also sofort zur Präfektur gehen und einen Gendarmen zu den beiden schicken. Ich schlich mich davon, damit sie nicht merkten, daß ich sie gesehen hatte, und aus Furcht vor mir das Weite suchten.

Es ist völlig klar, sagte ich mir im Weggehen, daß Scheich Usfur nun in alle Geheimnisse dieses Falles eingeweiht oder wenigstens in das Mädchen, die Unbekannte, eingedrungen ist, daß sich sein funkelndes Auge in das Meer dieser tiefen, dunklen Seele gesenkt hat. Aber wird er uns etwas sagen? Er ist doch selbst ein verschlossenes Geheimnis, und mir fällt es in der Tat schwer, zu sagen, ob er ein Einfaltspinsel ist oder ob sich hinter diesem dümmlichen Gesicht ...

Inzwischen war ich bei der Präfektur angelangt. Ich sah den Fordwagen im Tor stehen, also war der Präfekt zurückgekehrt. Ich stürzte in sein Zimmer. Dort fand ich ihn, auf dem Kanapee ausgestreckt; er hatte den Fes abgelegt und nahm gerade einen Schluck aus einem Tonkrug, während ihm der Schweiß von der Stirn strömte.

»Bei Ihrem Leben«, rief er, sobald er mich sah, »wie verhext ist es mit dieser Sache! Der Hund von einem Scheich muß die Kleine verzaubert haben. Glauben Sie mir, von früh bis jetzt haben wir im ganzen Landkreis jedes Mais- und Zukkerrohrfeld, jedes Dörfchen, jedes Schöpfrad, jede Mühle und Bauernhütte, jeden Kanal und Feldweg, Himmel, Erde und Höllenschlund durchwühlt und durchsucht. Wären sie Sperlinge auf den Bäumen oder Fische im Wasser geworden, wir hätten sie bestimmt erwischt. Aber das Unglück will, daß sie ...«

»Das Unglück ist« – ich konnte nicht an mich halten und mußte ihn unterbrechen –, »daß sie sich ein paar Schritt von hier aufhalten, Herr Präfekt.«

Er setzte den Wasserkrug auf den Boden und sah mich mit offenem Mund an. »Was?«

»Und nicht als Sperlinge oder Fische!« versetzte ich, leicht in Wut. »Den Mann und das Mädchen können Sie jetzt vor dem Krankenhausportal antreffen.«

»Vor dem Emir-Krankenhaus?«

»Erheben Sie sich, Verehrtester, schicken Sie gleich einen Gendarmen hin, der sie holt ... darauf kommt es jetzt erst einmal an.« Ich hatte den Satz noch nicht beendet, da war der Präfekt schon hocherfreut aufgesprungen und schrie, ohne mich weiter anzuhören, mit dröhnender Stimme in den Hof der Präfektur: »Wachtmeister Abd an-Nabi!«

Aus einem der Ställe kam ein Riesenkerl in weißem Hemd und weißer Pluderhose heraus und hob die Hand zum Gruß. »Zu Befehl, Exzellenz!«

»Sofort zum Emir-Krankenhaus, mit zwei Mann und Handschellen!«

Der Sergeant stand unschlüssig da. »Exzellenz«, fiel er ihm ins Wort, »der Strohboden steht offen, die Leute geben Futter und streuen in den Pferdeställen ...«

»Du Bulle!« schrie der Präfekt hinunter. »Willst du gefälligst die Befehle ausführen, auch wenn die Pferde heute nacht kein Lager haben! Du sollst auf der Stelle gehen, hab ich gesagt!«

»Zu Befehl, Efendi!«

Ich verließ den Präfekten und erläuterte seinem Untergebenen, was zu tun war. Dann begab ich mich in mein Büro. Doch vorher hatte ich jenem noch ans Herz gelegt, er solle mich mit den beiden Festgenommenen sofort aufsuchen. Ich wollte sie auf keinen Fall in seinem Amt vernehmen, weil das nicht meine Dienststelle war. Denn dort ist er, der Präfekt, Herr, und mit meiner Arbeit bin ich nicht gern in seinem Revier, vor allem nicht in diesem Fall, mit diesem Mädchen. Deshalb brach ich eilig auf. Ich schickte nach dem Protokollschreiber. Kaum war ich in meinem Zimmer, da saß ich schon am Schreibtisch, hielt die Augen voller Ungeduld auf die Tür geheftet und wartete auf das Mädchen, als handle es sich um eine Verabredung.

Es klopfte. Der Präfekt trat ein und fragte als erstes nach den gesuchten Personen. Ich antwortete, daß ich noch niemanden gesehen hätte. Er setzte sich und bemerkte, er habe ihnen schon einen nachgeschickt. Dann blickte auch er auf die Tür und zwirbelte seinen Schnurrbart. Auch mein Protokollschreiber kam mit seinen Papieren und breitete sie vor mir aus. Alles war somit vorbereitet, als im Vorzimmer Stimmen laut wurden. Wir hörten müde schleppende Schritte und Eisengerassel, an unserer Tür wurde geklopft, sie öffnete sich, und es erschien Scheich Usfur allein, mit Handschellen. Ihm folgte der Wachtmeister, der ihm seine lange Gerte nachtrug. Mich befiel sogleich Unruhe, und ich merkte, daß es dem Präfekten nicht anders erging, denn er schrie den Wachtmeister sofort an: »Und das Mädchen?«

»Wir haben nur den Mann angetroffen, Efendi, ganz allein, und haben ihn festgenommen.«

»Allein?« fragten der Präfekt und ich wie aus einem Munde, voller Erstaunen und Unmut.

Ganz außer sich, fuhr der Präfekt Scheich Usfur an: »Und das Mädchen?«

Der verzog keine Miene und antwortete in aller Ruhe: »Was für ein Mädchen?«

Der Präfekt warf ihm einen vielsagenden Blick zu. »Mensch, hör mal, du rauchst Haschisch ... Die Geschichte mit dem Haschisch weiß ich nur zu gut.«

Er wollte ihm eine kräftige Ohrfeige versetzen, doch das verhinderte ich; ich hieß den Scheich näher treten und fragte ihn freundlich: »Sprich, war Rim bei dir?«

Ohne Zögern antwortete er: »Nein, niemals!«

Ich sagte mir, daß mich dieser Mensch mit Adlerblick vor dem Krankenhausportal erblickt haben mußte, und da er bei seinem Scharfsinn gewittert hatte, was folgen würde, hatte er das Mädchen unverzüglich verschwinden lassen. Oder es mußte nicht an dem gewesen sein, mich müßten meine Augen getrogen haben, und Rim hatte ihm gar nicht zur Seite gesessen. Oder die flüchtige Erscheinung eines Mädchens, die ich mir im Geiste vorstellte, hatte sich Gestalt und Kleid einer anderen aus der Schar jener Fellachinnen geliehen, die vor dem Tor warteten. Alles war denkbar. Doch wo war Rim hin? Warum mißtraute ich meinen eigenen Augen und nicht diesem verschlagenen Alten? Wer war er überhaupt?

»He«, schrie ich ihn nun an, »komm her, Mann!«

»Ergebener Diener ...«

»Wer bist du eigentlich?«

Er sah mich an, als hätte er die Frage nicht verstanden. Ich wiederholte meine Worte noch entschiedener, und da brummte er: »Ich ... bin Usfur, der Sperling, der die Körner auf der Erde auﬂiest und der dem Herrn unter der Erde dient ...«

»Hör mal, mein Bester, sprechen wir doch ernsthaft! Wie heißt du?«

»Usfur.« Und er hielt uns seine gefesselten Hände hin. »Macht mich los! Wer den Propheten verehrt, der macht mich los.«

Ich befahl dem Soldaten, ihm die Handschellen abzunehmen, und fragte ihn noch einmal, mit Strenge: »Beruf?«

Er überlegte einen Augenblick und schwieg. Dann brachte er aus tiefster Seele einen Seufzer hervor, wandte den Kopf ab, und seine Augen wurden starr, als erblicke er etwas, was nicht von dieser wirklichen, sinnlichen Welt ist. Und er sang mit lauter Stimme:

»Bin ja nur ein Fischersmann,
und Fischen, o mein Verlangen!
Fuhr den Fluß hinab im Kahn,
wollt die Barsche fangen.

Wie sie wimmeln um den Kahn,
die hübschen Fische, o meine Freude!
Weiß war der eine, Filigran,
und ein Butt der zweite ...«

Der Präfekt unterbrach ihn: »Schon gut, schon gut! Und die sich vor zwei Jahren im großen Kanal ertränkt hat, war die das Filigran oder ein Butt?«

Der Scheich reagierte nicht mal mit einem Blick darauf, sondern sang weiter:

»... weiß war der eine, Filigran,
und ein Butt der zweite,
doch die dritte, kokette,
verhexte Schiffersleute.«

Die letzten Zeilen, denen seine Stimme einen eigenartigen, bedeutungsvollen und etwas bebenden Ton verlieh, ließ er in einem Seufzer verklingen. Ich blickte den Präfekten verstohlen an, seine Augen hatten sich verschleiert. Doch fing er sich und sagte mit fester Stimme: »Wer sind die Schiffersleute?«

Der Alte senkte den Kopf und verharrte in tiefem Schweigen. Ich kann mir nicht helfen, vielleicht bildete ich es mir nur ein, vielleicht war es wahr: mir schien, der Scheich verstehe genau und habe von Anfang an begriffen, was um uns vor sich ging.

16. Oktober

Aus Scheich Usfur konnten wir nichts herausbringen, nicht einmal verhaften konnten wir ihn, denn er hatte ja nichts begangen, was gegen die gesetzlichen Bestimmungen verstößt. Wir ließen ihn also wieder laufen.

Zunächst hatte ich im Sinn, ihn von einem heimlichen Beobachter verfolgen zu lassen, um so vielleicht den Aufenthaltsort des Mädchens zu erfahren. Aber woher sollte ich einen Spitzel nehmen, der vor Scheich Usfur unerkannt bleiben konnte? Der kannte doch die ganze Polizei durch und durch, hatte sie hundertmal bei ihren Unternehmungen begleitet, hatte mit den Männern übernachtet, gegessen und getrunken, Lieder gesungen und Verse rezitiert. Er hatte sie an versteckte Waffenlager geführt und mit ihnen Spuren von Verbrechern verfolgt. Man konnte ihn schon fast als einen von der Polizei ansehen. Deswegen ließen wir ihn auch laufen. Der Präfekt, der ganz aufgebracht war, begnügte sich damit, ihm bis zur Tür nachzugehen, wo er ihm noch einen Klaps auf den Hinterkopf gab, um seinem Zorn Luft zu machen.

Und dann widmete sich jeder seinen Geschäften: der Präfekt begab sich in seinen Club und ich ging nach Hause. Ich legte meine Kleider ab und begann mit mir ein Selbstgespräch. Ich holte mein Tagebuch hervor, um ihm die Eindrücke anzuvertrauen, die ich hier auf dem Lande keinem mitteilen kann.

Die Feder ist für diejenigen, die wie ich zur Einsamkeit verdammt sind, ein großes Glück. Sie gleicht jedoch einem schnellfüßigen Pferd, das zuweilen aus eigenem Antrieb drauflosschießt gleich einem munteren Vogel, zuweilen aber störrisch wird, sich aufbäumt und absolut nicht vorwärts will, als läge auf dem Weg eine Schlange mit erhobenem Kopf.

Doch nun bewegt sie sich unter meinen Fingern und tänzelt und weigert sich, mir nachzugeben, als fürchte sie etwas oder müsse sich von den Gefilden der Träume entfernen.

Ich blickte nach meinem Kleiderschrank, auf dem eine schwarze Maus saß, die mit ihren Zähnen das Holz benagte. Ich starrte sie an, ich wollte sehen, ob sie verschwände - nein, sie blieb. Es verging eine Stunde - sie behielt ihren Platz, ich den meinen, jeder seiner Beschäftigung ganz hingegeben. Sie störte offensichtlich meine Gegenwart nicht, ich hingegen machte mir wohl Gedanken um ihr Vorhandensein, da mich ihr Besuch zu dieser späten Stunde von meinem Vorhaben ablenkte. Ich beobachtete nun, wie sie sich mit ihren Pfötchen Kopf und Schnäuzchen putzte, und beschäftigte mich im stillen mit jener Kreatur, die an mich überhaupt nicht dachte: der einzige Unterschied zwischen ihr und mir.

Dann ließ ich von dem kleinen Zimmermann mit der zierlichen Säge ab und ging mit dem Tagebuch zu Bett. Ich breitete das Moskitonetz über mich und befestigte sorgfältig alle Enden, um vor einer Zudringlichkeit von seiten meines Besuchs sicher zu sein, denn ein übermütiges Spielchen mit meinen entblößten Füßen wäre mir höchst unerwünscht gewesen.

Der Nutzen der Mausefallen leuchtete mir im Grunde gar nicht ein; es kostet einige Mühe, sie zurechtzumachen und dann auf das Ergebnis zu warten. Es gibt nichts Beschwerlicheres, nichts Zeitraubenderes, als auf solch ein Ergebnis zu lauern, denn stellt sich unsere Beute ein, so pflegen wir mit ihr Diskussion und gewöhnen uns an sie mit zärtlichem Gefühl, und fällt sie, so stürzt auch unsere Seele. Übrigens haben wir schon genug Mäuse gefangen, und sie haben ihre Besuche dennoch nicht eingestellt. Lassen wir sie bei uns ein und aus gehen, erweisen wir ihnen diese Freundlichkeit, und geben wir auf uns und unsere Sachen acht! Allah sei Dank, ich brauche nur um die billigen Möbel aus weißem Holz zu fürchten, die von den vielen Umzügen von Ort zu Ort bereits ganz mitgenommen sind. Welchen Schaden könnten da schon ein paar Mäusezähnchen anrichten?

Ich zwang mich gleich beim Dunkelwerden zum Einschlafen, am anderen Tag sollte ja die Sitzung mit dem schnellen Richter sein. Ich hatte meinen Assessor beauftragt, ihr beizuwohnen, und wollte ihm zur Seite stehen, um ihn mit dem methodischen Aufbau der Verhandlungsführung vertraut zu machen und ihn an unvorhergesehene Zwischenfälle zu gewöhnen.

Am anderen Morgen ging ich zum Gericht. Dort begegnete ich meinem Assessor, der bereits im Beratungszimmer stand; unterm Arm einen großen Papierumschlag mit der Schärpe, so sah er der Ankunft des Richters entgegen. Und der ließ nicht auf sich warten. Er traf mit dem Zug aus Kairo ein. Ihm folgte auf dem Fuße Schaban Efendi. Beide kamen im Sturmschritt daher. Der Richter nahm aus seiner Geldbörse ein paar Münzen und drückte sie dem Gerichtsdiener in die Hand. »Das Fleisch soll richtig bäuerlich sein, ein Stück Schulterblatt«, sagte er zu ihm. »Und paß auf die Eier auf, Schaban Efendi! Und Butter und Käse, dafür sorgst du auch! Verstaue alles gut in dem Korb und erwarte mich wie immer auf dem Bahnhof zum Elfuhrzug! Sieh dich mal auf dem Markt um, der Herr Pförtner kann deine Arbeit inzwischen übernehmen!«

Der Gerichtsdiener ging eilig davon, und der Richter betrat den Raum, in dem wir uns bereits aufhielten. Er begrüßte uns hastig. »Ich denke, wir beginnen sofort mit den Prozessen!« Er klatschte in die Hände und rief: »Efendi! He, Pförtner, kündige die Sitzung an ... die Sitzung!«

Er warf seinen leichten, hellen Reisemantel über einen Stuhl, nahm die rote Schärpe aus dem Umschlag und legte sie an. Der Diener kam mit dem Kaffee, den der Richter stehend in zwei Schlucken hinuntergoß, dann stürzte er in den Verhandlungsraum, und wir folgten ihm auf den Fersen.

Des Pförtners Stimme ertönte: »Das Gericht tagt!«

Der Richter warf einen Blick auf die Prozeßliste. »Verstöße!« rief er. »Muhammad Abd ar-Rahim ad-Dunuf wegen Nichtablesens von Baumwollraupen in Abwesenheit zu fünfzig Piastern Strafe verurteilt! Tuhami as-Said Uneiba wegen

Nichtbeachtung der Impfpflicht bei seinem Sohn in Abwesenheit zu fünfzig Piastern! Mahmud Muhammad Kandil wegen unerlaubten Waffenbesitzes zu fünfzig Piastern und Einzug der Flinte! ... in Abwesenheit zu fünzig Piastern! ... In Abwesenheit zu fünfzig Piastern!«

Der Richter schwirrte wie ein Pfeil, den keiner aufzuhalten vermochte, durch die Prozesse. Der Pförtner rief immer nur einmal auf, um mit ihm Schritt halten zu können. Wer sich beim ersten Aufruf nicht zeigte, galt als abwesend und wurde in Abwesenheit verurteilt. Wer den Aufruf zufällig vernahm und erschien, den fragte der Richter kurz angebunden: »Du hast also dein Vieh auf dem Feld deines Nachbarn weiden lassen?«

»Die Geschichte, Exzellenz, fing damit an ...«

»Schluß, wir haben keine Zeit, uns Geschichten anzuhören ... In Anwesenheit zu fünfzig Piastern! Der nächste! – Abd ar-Rahman Ibrahim Abu Ahmad ...« und so weiter und so weiter.

Die Verstöße waren im Handumdrehen erledigt. Dann kamen die schweren Vergehen an die Reihe, bei denen Zeugen zu vernehmen waren und Advokaten plädierten, was im allgemeinen etwas mehr Zeit erfordert.

Der Richter zog nun seine Uhr aus der Tasche und legte sie vor sich hin. Dann rief er dem Pförtner zu: »Den ersten, schnell!«

»Salim Abd al-Magid Schakraf!« rief der Pförtner.

Der Richter warf einen Blick auf die Liste, nahm von der Anklage Kenntnis und stellte dem Angeklagten, der noch nicht über die Türschwelle getreten war, schon die Frage: »Hast du deine Frau geschlagen? Ein Wort nur! Sag, was du zu sagen hast!«

»Exzellenz, gibt es einen Mann, der seine Frau schlägt?«

»Keine Philosophierereien! Ein Wort, eine bündige Antwort! Geschlagen – ja oder nein?«

»Nein.«

Der Richter rief zum Pförtner hinüber: »Bestreitet die Anklage! Den Zeugen holen!«

Die geschlagene Frau stolperte in ihrem langen schwarzen Umhang herein. Aber der Richter wartete nicht. Sobald er sie im Verhandlungsraum erblickte, schrie er: »Hat er dich geschlagen?«

»Die Geschichte, Herr Richter, Allah leihe Euch seinen Schutz, fing damit an, daß . . .«

»Keine Anfänge hier! Hat er geschlagen oder nicht? Ein Wort, weiter nichts!«

»Er hat geschlagen.«

»Das genügt. Das Gericht benötigt keine weiteren Zeugen. Was hat der Angeklagte zu sagen?«

Der Angeklagte räusperte sich und wollte sich selbst verteidigen, aber der Richter hörte ihn gar nicht an, er vermerkte mit seinem Bleistift in der Prozeßliste, die Umstände dieses Falls und den Wortlaut des Urteils, das er fällte.

Als er fertig war, hob er den Kopf und verkündete das Urteil, ohne einen Blick auf den Angeklagten zu werfen, ohne überhaupt abzuwarten, bis dieser mit seiner Verteidigung zu Ende war.

»Einen Monat Arbeitshaus! Der nächste!«

»Herr Richter, aber ich kann Zeugen beibringen. Ich habe sie weder angerührt noch niedergeschlagen. Dieses Urteil ist eine Ungerechtigkeit, eine Ungerechtigkeit, Leute!«

»Schweig! – Wache! Bring ihn weg!« Der Wächter führte ihn ab.

Man rief zum nächsten Prozeß auf.

Es erschien ein vom Alter gebeugter Mann mit weißem Bart; er schleppte sich, auf einen Stock gestützt, herein. Der Richter stellte ihm sofort die Frage: »Du hast dich an beschlagnahmtem Korn vergriffen?«

»Das Korn gehörte mir, Exzellenz. Wir, ich und meine Familie, haben es gegessen.«

»Überführt! Anwesend! Ein Monat Arbeitshaus!«

»Ein Monat! O Muslime, das Korn gehörte mir, meine Aussaat . . . mein Geld . . .«

Der Wächter führte ihn ab. Der Alte blickte mit hilflosen Augen auf die Anwesenden, als wolle er nicht glauben, daß das soeben vernommene Urteil Wirklichkeit sei. Sein Gehör mußte ihn zweifellos getrogen haben, die Umstehenden mußten es genauer verstanden haben. Er hatte niemandem Korn gestohlen. Der Pförtner war es nämlich gewesen, der zu ihm gekommen war, es ihm beschlagnahmt und in Verwahrung genommen hatte, bis der Betrag, den er der Regierung schuldete, entrichtet sei. Aber der Hunger verschonte ihn und seine Familie nicht, und so aß er sein Korn auf. Wer war es, der ihn für einen Dieb hielt, und wer diktierte ihm die Diebesstrafe zu? Dem alten Mann war es unmöglich, dieses Gesetz zu verstehen, das ihn Räuber nannte, nur weil er gegessen hatte, was er gesät hatte, die Frucht dessen, was er selbst gepflanzt hatte.

Diese Vergehen, vom Gesetz zum Schutz des Geldes von Regierung und Gläubigern erfunden, sind nach Ansicht des Fellachen keine wirklichen Vergehen, sein argloses Verständnis begreift sie einfach nicht. Er weiß, Schlagen ist ein Verbrechen und Töten und Rauben ebenso, weil da eine offensichtliche Gewalttätigkeit gegen andere vorliegt und die schurkische Gesinnung ohne weiteres zutage tritt. Aber »sich vergreifen« im Sinne der Nutzung eines Pfandes - wie soll man das verstehen, auf welcher Grundlage, in welchem Rahmen? Das ist für ihn ein Verbrechen im Sinne der Justiz, dessen Last man trägt, an dessen Existenz man aber nicht glaubt.

Der alte Mann überantwortete den Fall seinem Schöpfer. Als ihn die Wachleute in Empfang nahmen, sagte er nur: »Keine Kraft und Macht außer bei Allah!«

Zum nächsten Prozeß wurde aufgerufen. Der Pförtner hatte noch nicht den Namen des Angeklagten ausgesprochen, da hatte der Richter das Aktenbündel schon in der Hand abgewogen und es reichlich schwer und mit zu vielen Zeugenaussagen belastet gefunden. Er blickte auf seine Uhr, dann zum Advokatentisch hinüber, und sobald er merkte, daß der Angeklagte keinen Verteidiger hatte, war mir klar, daß der Richter den Prozeß verschieben wollte. Meine Vermutung trog mich nicht, er wandte sich an mich und fragte:

»Beantragt die Staatsanwaltschaft Aufschub?«

Mein Asessor schaute mich verwirrt an. Ich beeilte mich zu erwidern: »Im Gegenteil, die Staatsanwaltschaft ist gegen jede Verzögerung.«

Der Richter wußte seinen Unwillen zu verbergen und murrte nur zwischen den Zähnen: »Wir werden's ja sehen. Immer mit der Ruhe! Sollen die Zeugen eintreten!«

Bald fiel dem Richter aber ein, daß dieser Prozeß eine Berufung gegen ein vorheriges Versäumnisurteil darstellte, und Berufung muß innerhalb von drei Tagen eingelegt werden. Sofort sah er nach dem Datum und sagte zu dem Angeklagten mit einem Stoßseufzer der Erleichterung: »Der Prozeß ist formal ungültig, Angeklagter, weil die Berufung erst nach Ablauf der Frist eingelegt wurde.«

Der Fellache, der in Lumpen gehüllt, vor ihm stand, begriff solche Rede nicht. »Ja, und was soll werden, Herr Richter?«

»Dann findet vorhergehendes Urteil Anwendung, das auf Gefängnis lautet. – Wache, nimm ihn in Gewahrsam!«

»Gefängnis, mit Gewalt? Das ist Unrecht, Herr Richter! Kein Richter hat mich angehört, kein Beamter hat bis jetzt meine Aussage entgegengenommen.«

»Schweig! Deine Berufung, Mann, ist nicht fristgerecht eingereicht worden!«

»Und was ist die Frist?«

»Das Gesetz sieht drei Tage vor.«

»Ich bin ein armer Mann, Herr Richter, und kann weder lesen noch schreiben. Wer soll mir das Gesetzbuch erklären und mich über die Fristen unterrichten?«

»Mir scheint, ich habe für dich schon mehr als genug Zeit verwandt. Du bist verpflichtet, Dummkopf, das Gesetz zu kennen! – Nimm ihn also fest, Wache!«

Man stellte ihn zu den Festgenommenen, während er nach rechts und links blickte und alle, die um ihn herumstanden, fragend ansah, ob er der einzige sei, der hier nichts verstehe. Und ich begann, dieses Geschöpf, dem man die Kenntnis des Code Napoléon aufzwingen wollte, mit teilnahmsvollen Augen zu betrachten.

Schließlich war die Gerichtssitzung zu Ende. Der Richter sprang auf, rannte in das Beratungszimmer zurück und legte eilends seine Schärpe ab. Ihm blieben nur noch sieben Minuten bis zur Abfahrt des Zuges. Doch war es der Richter gewohnt, den Zug im letzten Augenblick zu erwischen; selbst in der Hetze verlor er nicht seinen Gleichmut und seine Gelassenheit. Er langte nach dem weißen Staubmantel, warf ihn sich über den Arm, grüßte und lief im Galopp zum Bahnhof. In diesem Augenblick kam der Sekretär der Staatsanwaltschaft mit ein paar Aktenstücken eilig herein; ihm folgte ein Wächter, der einen Gefangenen hinter sich herzog.

»Ist der Richter schon fort?« rief er. »Wir haben hier noch eine Berufung gegen eine Gefängnisstrafe, die der Herr Richter sehen muß.«

»Du kannst ihn noch auf dem Bahnhof erreichen«, sagte ich sofort, »bevor er in den Zug steigt.«

»Wachtmeister«, rief der Sekretär dem Gendarmen zu, »los, mit dem Gefangenen zum Bahnhof!«

Alle Mann – der Sekretär, der Wachtmeister und der Gefangene, der, an eine Kette gelegt, wie ein Hund hinter seinem Wärter herlief – jagten dem davongaloppierenden Richter nach. Das ist an den Tagen, an denen solche Gerichtssitzungen stattfinden, für die Leute des Ortes ein gewohntes Schauspiel. Die letzten Einsprüche und Erneuerungen der Haftbefehle werden gewöhnlich im Bahnhofsrestaurant, zwei Minuten vor Abfahrt des Zuges, zur Kenntnis genommen und entschieden. Schon ruckte der Zug an, und der Richter sagte, einen Fuß noch auf dem Bahnsteig und den anderen bereits auf dem Trittbrett des letzten Wagens: »Die Berufung muß zurückgewiesen und die Haft des Angeklagten bestätigt werden.«

Der Sekretär schrieb sich das Urteil auf der Marmorplatte eines Restauranttisches auf, während der Richter von Schaban, der neben dem fahrenden Zug herrannte, den Korb mit Eiern, Butter und Fleisch entgegennahm. Der Überbringer schrie dabei aus voller Kehle: »Exzellenz, das Fleisch ist ein Schulter- und ein Lendenstück ...«

Nach der Sitzung ging ich mit meinem Assessor in mein Büro. Der blickte ganz mürrisch drein, denn er hatte geglaubt, der Staatsanwalt würde sich bei jedem Fall erheben und seinen Standpunkt zu der Anklage darlegen, wozu er lange, vorbereitete Ausführungen in klarer und sorgfältiger Schrift und auf liniertem Amtspapier mitzubringen hätte. Nun kam er aus der Sitzung heraus, wie er hineingegangen war, und trug seine schriftlichen Vorbereitungen immer noch schön zusammengefaltet mit sich herum. Die Urteilssprüche hatten etwas von dem regelmäßigen schnellen Lauf eines Eisenbahnzuges an sich gehabt, das Gericht hatte die Strecke in Windeseile wie ein Rennpferd durchmessen, auch ohne Analysen, Kommentare und Zeugen- und Indizienbeweise, die ihn bis in die Nacht hinein beschäftigt hatten, ehe sie zu Papier gebracht worden waren.

Endlich blieb ich allein in meinem Zimmer. Doch bald kam der Vorsteher der Kriminalkanzlei mit der Post für die Staatsanwaltschaft herein und machte sich wie jeden Morgen daran, vor mir die Umschläge aufzuschlitzen. Ein oder zwei Briefe waren erst geöffnet, da hörten wir draußen Lärm und die geräuschvolle Stimme, an der ich sogleich Scheich Usfur erkannte. Ich ließ nachsehen, worum es ging, und man berichtete mir, die Präfektur schicke ihn heute als Arrestanten und habe bereits ein Protokoll über Landstreicherei abgefaßt. Ich begriff, daß sich der Präfekt, der immer noch in dem Glauben war, der Scheich habe das Mädchen entführt, und dessen Haß nun weiter loderte, an Maßnahmen, die ihm kraft seines Amtes zukamen, klammerte, um über ihn herzufallen. Scheich Usfur der Landstreicherei anzuklagen war eine Erleuchtung, die nur dem erhitzten Hirn des Präfekten entsprungen sein konnte, denn dieser Scheich war ein regelrechter Vagabund, und so gesehen, fiel er unweigerlich als Beute dem Wortlaut des Gesetzes anheim, der uns vorlag. Seltsam dagegen war, daß sich die Präfektur in den vergangenen Jahren über ihn ausgeschwiegen hatte und sich ausgerechnet in diesem Augenblick der Ungesetzlichkeit seines Gebarens bewußt wurde. Die Maßnahme setzte mich nicht allzusehr in

Erstaunen, doch mein juristisches Gewissen konnte dadurch nicht zufriedengestellt werden, denn der Gesetzestext vermag in unseren Händen eine Waffe zu sein, mit der wir jedermann jederzeit treffen können. Scheich Usfur heute festzunehmen war ohne Zweifel nichts als ein einfacher Racheakt. Als der Präfekt nämlich erkannt hatte, daß sich jener der Beschuldigung des Mädchenraubs entzog, hatte er sich einen anderen Weg ausgedacht, auf dem er ihm nicht entwischen würde. Es handelte sich also um ein Vorgehen der Verwaltung, das zu sanktionieren für einen Mann im Richteramt nicht ratsam war.

Ich kam nach allem zu dem Entschluß, Usfur in Freiheit zu setzen. Doch die Prüfung des Falls verschob ich, bis ich mit dem vorliegenden Posteingang fertig sein würde. Außerdem hatte mir Abd al-Maksud Efendi gerade einen dicken gelben Umschlag hereingebracht, der die Kriminalfälle enthielt. Diese schickte uns das Polizeipräsidium zur Durchsicht und Berichterstattung in der Gerichtssitzung, die den Kriminalfällen vorbehalten war und noch in diesem Monat in der Hauptstadt der Provinz stattfinden sollte, in deren Zuständigkeitsbereich wir fallen. Ich warf einen flüchtigen Blick darauf – es waren hundert Blatt. Hatte ich jetzt dafür überhaupt noch Gedanken?

In den Staatsanwaltschaftsgeschäften gibt es für mich nichts Mühseligeres, als über Kriminalfälle zu berichten. Meinem schwachen Erinnerungsvermögen fällt es immer schwer, alle Einzelheiten, die zum Verbrechen gehören, zu behalten und sie dann vor finster dreinblickenden Beamten und lauernden Advokaten, methodisch aufgebaut, der Reihe nach und in aller Ruhe darzulegen. Und das anwesende Publikum urteilt nicht nach dem Kern der Sache, sondern nach dem Vollkommenheitsgrad der Bewegungen und Gebärden, nach dem Widerhall der Stimme im Verhandlungssaal, nach den Glanzleistungen der Beredsamkeit und den Faustschlägen, die auf das Pult niederhageln. Meiner Veranlagung nach tauge ich aber nur dazu, im stillen die Menschen zu beobachten, wie sie sich auf der Bühne des Lebens bewegen, und nicht, mich von ihnen wie ein Schauspieler im Scheinwerferlicht angaffen zu lassen. Solche Situationen verwirren mich, sie vernebeln mir die Urteilskraft, sie berauben mich des wenigen Erinnerungsvermögens und lassen mich die Ernsthaftigkeit verlieren, die es mir gestattet, den Dingen auf den Grund zu sehen.

Daher gab ich ohne Zögern die Anweisung, alle diese Fälle meinem Assessor zu übertragen. Er ist noch in dem Alter, in dem man sich gern bei dergleichen Anlässen und Kundgebungen stolz in Positur setzt. Er ist auch vortrefflich für eine solche Aufgabe ausgebildet; es wäre ein Unding, wollte man sie ihm nicht anvertrauen. Dazu verschaffe ich ihm noch die Möglichkeit, sich ein paar Tage in der Provinzhauptstadt aufzuhalten, in deren Bars und Vergnügungsstätten er sich erholen und die Spuren der Enge und Einsamkeit dieser bedrükkenden ländlichen Stille tilgen kann. Diese Überlegungen gefielen mir und erschienen mir außerdem ausreichend, mich davon zu überzeugen, daß solche schwer lastenden Amtsgeschäfte abzuschütteln seien.

Schließlich überreichte mir der Vorsteher der Kriminalkanzlei noch einen kleineren Briefumschlag, auf dem in roter Tinte »Vertraulich« zu lesen stand. Vielleicht ein Schreiben vom Generalstaatsanwalt, sagte ich mir und beeilte mich, es zu öffnen. Es war eine anonyme Zuschrift an den Generalstaatsanwalt in Kairo, meinen Vorgesetzten, der es mir seinerseits zugehen ließ. Ich entfaltete den Bogen, las ihn aufmerksam und war völlig überrascht. Einen Augenblick blieb ich nachdenklich, dann blickte ich noch einmal auf den Text, der mir nicht mehr aus dem Sinn ging.

Seine Exzellenz, der Herr Generalstaatsanwalt zu Kairo, sein Leben währe viele Jahre! – Wir bringen Ihnen zur Kenntnis, daß die Ehefrau des Kamar ad-Daula Ulwan, auf den geschossen wurde und der sich im Emir-Krankenhaus befindet, vor zwei Jahren erdrosselt wurde. Der Bader des Gesundheitsdienstes, den man bestochen hat, unterließ es, dieses anzugeben, und die Beerdigung fand ohne Benachrichtigung der Behörde statt.

Man frage den Ehemann, Ulwan, und das Mädchen Rim, ihre Schwester, wer sie erdrosselt hat. Die Gründe des Verbrechens sind bekannt und werden Ihrem Scharfsinn nicht verborgen bleiben. Wenn Sie sich selbst mit der Untersuchung befassen, werden Sie schwerwiegende Geheimnisse lüften, Sie werden die Hände der Schuldigen treffen und der Gerechtigkeit zum Siege verhelfen. Gerechtigkeit ist die Grundlage der Herrschaft, und Allah – Er sei gelobt und geehrt – sagt in Seinem gepriesenen Buch: »Richtet ihr unter den Menschen, dann richtet gerecht!« Und Allah, der Allmächtige und Erhabene sagt die Wahrheit.

Einer, der für das Gute wirkt

17. Oktober

Lange habe ich über die Sache mit dem Brief nachgedacht. Wer sollte der anonyme Absender sein? Die ganze Art ließ darauf schließen, daß sein Verfasser ein gescheiterter Ashharist, Schüler der islamischen Universität von Kairo war. Der Koranvers und die Unterzeichnung konnten nur von jener Kategorie Menschen stammen, die sich im allgemeinen durch wenig Wissen auszeichnen und durch überhaupt keines, sobald sie als bezahlte Schönredner auf das Fellachenvolk losgelassen werden und Zank und Zwietracht unter den Leuten und Familien stiften. Auf alle Fälle gab es in dem Brief Hinweise, die noch der Klärung bedurften. Sollte es wahr sein, daß, wie es heißt, die Frau des Kamar ad-Daula erwürgt worden ist, dann wäre anzunehmen, daß ein Verbrechen das andere nach sich gezogen hat. Jetzt zu ermitteln, wer der Briefschreiber sein könnte, ist weniger wichtig, als sich der Wahrhaftigkeit der Anschuldigung zu vergewissern. Das Grab muß also geöffnet und die Leiche der Frau des Verwundeten herausgeholt und dem Gerichtsarzt vorgelegt werden.

Alle meine Gedanken gingen in dieser Richtung, und mich beschäftigte schon nicht mehr, was über Rim in dem Brief stand und auch nicht das Ungemach, das sie treffen mochte. Das alles war dem Ergebnis der Untersuchung der Leiche untergeordnet. Ich hatte den Gerichtsarzt bereits telegrafisch benachrichtigt und die nötigen Maßnahmen für die Öffnung des Grabes eingeleitet. Ich hatte auch Nachtwächter auf dem Friedhof aufstellen lassen, um jeglichen Zwischenfall zu verhüten, und hatte selbst den Totengräber holen lassen. Sobald ich den Brief gelesen hatte, setzte ich mich telefonisch mit der Präfektur in Verbindung, um den Präfekten von dem Schreiben zu benachrichtigen. Jedoch sagte man mir, er sei zu einer dringenden Sitzung in die Provinzregierung gerufen worden, die unter der Leitung des Gouverneurs stattfinde. Kurz darauf fand sich auch der Inspektor bei mir ein.

»Natürlich haben Euer Exzellenz die Abendpresse gelesen«, sagte er.

»Keineswegs!«

»Eine Regierungskrise.«

Nun begriff ich das Geheimnis, das die Sitzung in der Provinzregierung umgab. Von diesem Augenblick an würden die Verwaltungsleute all ihr Tun und Trachten darauf verwenden, zu erfahren, woher der neue Wind aus den Ministerien weht, um ihr Mäntelchen bereitzuhalten, wie sie es schon in anderen Fällen immer getan hatten. Das findet seinen Ausdruck meistens darin, daß den Gemeindevorstehern und denen, die mit der gestürzten Regierung verbunden waren, sofort ein drohendes Gesicht gezeigt wird und denen, welche die neue unterstützen, ein süßes Lächeln. Ich sagte dem Inspektor natürlich nicht, was mir durch den Kopf ging, denn ich bin Justizbeamter und habe von Politik nicht zu sprechen. Regierungen und Parteien mögen wechseln – das Gesetz bleibt Gesetz. Ich beschränkte mich also darauf, dem Inspektor in aller Ruhe zu entgegnen: »Ich denke, daß Sie an Stelle des Präfekten mit uns kommen werden.«

»Die augenblicklichen Umstände machen es mir unmöglich, die Präfektur zu verlassen. Aber der Offizier des Polizeipostens wird Euer Exzellenz zur Verfügung stehen.«

Ich ließ ihn also in seine Präfektur gehen, befahl, einen Wagen fahrbereit zu machen, und wartete in meinem Sessel auf den Gerichtsarzt, der unser Telegramm mit einer telefonischen Benachrichtigung beantwortet und zugesagt hatte, noch heute einzutreffen. Unterdessen kam Abd al-Maksud Efendi wieder herein. Er deutete mit einer Handbewegung auf den Kalender an der Wand und erinnerte mich daran, daß ein Besuch im Kreisgefängnis fällig sei. Die Staatsanwaltschaft hat diese Aktion nämlich wenigstens zweimal im Monat ohne vorherige Ankündigung durchzuführen. Ohne mich nach ihm umzudrehen, beauftragte ich ihn, mich später noch einmal daran zu erinnern. Er tat zwei Schritte, kam aber dann zurück und sagte mit bedeutsamem Augenzwinkern: »Es heißt, daß sich die neue Regierung schon gebildet habe und daß Neuwahlen vorgesehen seien.«

»Na und?«

»Ich meine ... ehe es im Gefängnis Andrang gibt ... «

Ich entgegnete kein Wort, sondern beschäftigte mich damit, die Akte, die gerade vor mir lag, durchzublättern. Als der Vorsteher der Kriminalkanzlei merkte, daß ich nicht antworten wollte, begann er sich zögernd zurückzuziehen. Seiner Haltung konnte ich jedoch entnehmen, daß er nicht aus eigenem Antrieb gehandelt hatte; darum rief ich ihn zurück und sagte zu ihm mit boshaftem Lächeln: »Hat dich etwa der Sekretär des Kreisgefängnisses angerufen?«

»Natürlich! Die Bücher sind vorbereitet und stimmen, der Inspektionsbericht ist abgefaßt, alles ist in bester Ordnung, es fehlt nur die Unterschrift Euer Exzellenz. Es ist eine Angelegenheit von einem Viertelstündchen, und fertig sind wir mit dem fälligen Gefängnisbesuch.«

Ich sah ihn gereizt an. »Ausgezeichnet, Abd al-Maksud, der Besuch wird eine richtige Überraschung werden!«

Zunächst stand er etwas bestürzt da, dann antwortete er: »Ich wollte es Ihnen nur leicht machen, Exzellenz, und der Präfektur unter diesen Umständen Scherereien ersparen.«

»Na schön, schon gut . . .« Ich beeilte mich, dieses Thema zu einem Schluß zu bringen, denn ich hörte, wie man vor meiner Zimmertür nach mir rief. Ich sah nach: Da stand der Gerichtsarzt mit seiner kleinen Aktentasche und wartete, daß ich ihn aufforderte, einzutreten. Ich ging sogleich auf ihn zu und bat ihn mit aller Liebenswürdigkeit, näher zu treten. Ich bestellte für ihn eine Tasse Kaffee, und wir begannen uns über dieses und jenes zu unterhalten. Er erzählte mir kurz, was ich bereits von Abd al-Maksud Efendi erfahren hatte: daß die neue Regierung schon alle Ämter übernommen habe und Neuwahlen vorbereite. Wir machten nicht die geringste Bemerkung dazu, denn keiner kannte die Anschauungen des anderen, und jeder von uns hatte seine eigene Meinung zu verbergen. Dann gingen wir dazu über, von der Arbeit zu sprechen und von dem Fall, der uns zu beschäftigen hatte und über dessen Einzelheiten ich den Arzt schnell in Kenntnis setzte. Wir beschlossen, so bald wie möglich den Friedhof aufzusuchen.

Wir stiegen also in den Wagen, fuhren los und hielten erst an einem entlegenen Ort mitten in den Feldern, wo im Schatten von zwei, drei Palmen ein paar Gräber aus Lehm und Ziegeln lagen, über denen längliche schwarze Grabsteine wie Dämonenköpfe emporragten. An dieser Stelle machten wir halt. Die Wächter wurden bei unserem Anblick plötzlich auf ihren Lagern munter und liefen uns entgegen. Einer war von einer Matratze gesprungen, die auf einem Grab wie ein Palankin auf einer Kamelstute lag, der andere von einer Matte, die vor dem Grab ausgebreitet war. Sie muteten wie Affen an, die vom Schoß ihrer Mutter hüpfen. Ich fragte sie nach dem Offizier des Polizeipostens, und sie wiesen auf den Feldweg, wo ich einen Burschen in Militäruniform erblickte, der stolz auf seinem Apfelschimmel daher geritten kam.

Wir hielten uns nicht lange mit Vorreden auf, sondern wiesen den Totengräber an, das Grab zu öffnen. Er rückte sogleich mit Beil und Spitzhacke der Vermauerung zu Leibe, die den Eingang versperrte. Der Gerichtsarzt fragte mich, ob wir nicht einen Verwandten der Toten herbeirufen lassen könnten, der uns bei der Identifizierung der Leiche an ihrer Umhüllung behilflich sein könnte. Ich sagte, wir kennten von der Verstorbenen weiter niemanden als ihre Schwester, die flüchtig sei und sich verborgen halte. Doch kamen wir auf die Idee, den Offizier ins Dorf zu schicken, damit er eine der Nachbarinnen hole, die bei der Leichenwäsche oder der Bestattung zugegen gewesen war. Und der Offizier erklärte sich auch sofort dazu bereit. Währenddessen setzte der Totengräber eifrig seine Abbrucharbeit, sein Zerstörungswerk, fort, bis er in die Stirnwand des Grabes ein ziemlich großes Loch geschlagen hatte. Doch dann richtete er sich auf und sagte: »Seien Sie mir nicht böse, aber der Eingang muß hinten sein.«

Er nahm seine Gerätschaften, ging um das Grab herum und begann auf der entgegengesetzten Seite draufloszuschlagen und das Gemäuer einzureißen.

»Mann«, schalt der Arzt, »ist das vielleicht das Grabmal des Tut-anch-Amun? Du willst hier Totengräber sein und weißt nicht mal, wo der Eingang ist?«

»Das kommt daher, Herr Doktor, daß es schon seit langem geschlossen ist.« Er hieb noch zweimal zu, und endlich war der Eingang frei. Der gute Mann kroch auf allen vieren ins Innere des Grabes und zerrte etwas hervor, was in ein Tuch gehüllt war, und dessen Farbe nicht mehr zu ermitteln war und dessen Zipfel zwischen den Fingern fast zerfielen. Er legte es vor uns hin.»Sehen Sie, das hier muß die Frau sein, ganz sicher!«

Der Arzt legte die angefaulten Knochen frei und untersuchte sie. Dann sagte er: »Bring sie zurück, du Esel, das ist doch eine männliche Leiche!«

»Eine männliche?«

Der Totengräber kroch mit der Leiche wieder in das Grab und kam kurz darauf mit einer anderen zurück, die sich, vom Arzt kaum in Augenschein genommen, ebenfalls als ein Mann entpuppte. Auf diese Art holte er so viele Leichen hervor, wie er nur zu fassen bekommen konnte, und alle waren Männer. Da wurde er unwillig und rief: »Aber meine Herren, wo habt ihr die Frauen gelassen?«

»Ganz einfach«, antwortete der Arzt in aller Ruhe, der Herr Totengräber hat sich im Grab geirrt.« Und er wies auf das Grab nebenan. »Öffne das da!«

Der Totengräber ging nun mit seinem Gerät zu der Stelle, die ihm der Gerichtsarzt bezeichnet hatte, während die Wächter ihre Habseligkeiten vom ersten Grab herunternahmen und sich zubrummten: »Das haben wir schlecht gemacht!«

Das andere Grab wurde geöffnet. Kaum war der Totengräber siegesgewiß in das Innere gekrochen, als der Offizier zurückkam. Hinter ihm her lief eine Frau, die sich das Gesicht mit einem Ende ihres schwarzen Schleiertuchs betupfte und in lautes Jammern ausbrach: »Ach, du, die Blüte unseres Dorfes!«

Der Offizier gab ihr respektlos einen Klaps auf den Mund und wies sie zurecht: »Schweig, Klatschtante!«

Der Arzt trat auf die Frau zu und sprach mit ihr, und er erfuhr, daß sie eine Nachbarin der Toten war, die der Einhüllung der Leiche beigewohnt hatte. »Höre mir gut zu, Frau, hat man die Tote vor deinen Augen in die Tücher gehüllt?«

»Vor meinen Augen, ja, Herr«, sagte die Frau mit einem Seufzer. »Ich stand ja an der Seite und schlug mir vor Verzweiflung ins Gesicht und stimmte in das Klagegeschrei ein.«

»Das ist für uns jetzt nicht wichtig. In wie viele Tücher wurde sie gewickelt?«

»Dem Feind ins Auge, Herr – in drei: eins aus Moiré, das andre aus Kaschmir und das dritte aus grüner Seide.«

Gerade in dem Augenblick kroch der Totengräber aus dem Grab hervor und zog eine Leiche hinter sich her. Der

Arzt prüfte das Umschlagtuch, das zwar im Laufe der Zeit die Farbe verloren hatte, aber er konnte doch in den Falten einen Schimmer Grün entdecken, das die ursprüngliche Tönung verriet. Er befahl, die Leiche abseits auf zwei Holzplatten zu legen, die in aller Eile im Schatten einer Akazie als Seziertisch aufgebaut worden waren. Dann forderte er alle Umstehenden auf, sich zu entfernen. Der Offizier schwang seinen Rohrstock hoch über seinem Kopf und trieb die Leute zurück. »Weg von hier!« schrie er. »Weg von hier!«

Vorsichtig lüftete der Arzt das Schweißtuch, und als sich das umwickelte Skelett zeigte, hörte ich hinter mir ein Geflüster und ein Brummen der Verwunderung. Ich drehte mich um und sah den Chauffeur, der, hinter einem Baumstamm versteckt, dieses Schauspiel mit verstörtem, bleichem Gesicht und hervorquellenden Augen verfolgte. »Es gibt weder Macht noch Kraft außer bei Allah!« entfuhr es ihm. »Wahrlich, von Allah sind wir, und zu Ihm kehren wir zurück!« Der Arzt warf ihm einen strafenden Blick zu und bedeutete ihm, wegzugehen. Auch ich schrie ihn kurz an, so daß er zum Auto lief, in dem er kopfüber verschwand.

Eine Weile mußte ich noch an den Fahrer denken. Was hatte ihn so erschreckt? Der Anblick der Knochen, so wie sie sind, oder der Gedanke an den Tod, der durch sie dargestellt wird? Oder war es das Ende alles Menschlichen, das er soeben mit eigenen Augen vor sich gesehen hatte ? Und warum hatte der Anblick von Leichen und Knochen nicht eine solche Wirkung auf Menschen wie mich und den Gerichtsarzt und auch nicht auf den Totengräber und die Grabwächter? Mir schien, diese Leichen und Knochengerüste hatten für uns alles Symbolische verloren; in unseren Augen erschienen sie wie Holzteile, Reisigbündel oder Formen für Lehm und Ziegel. Sie waren Dinge, mit denen wir in der täglichen Arbeit zu tun haben. Von ihnen war die symbolische Bedeutung gewichen, die ihre ganze Macht darstellt. So ist es. Was würde von all den gewaltigen und heiligen Gegenständen bleiben, die für unser Menschenleben von höchster Wichtigkeit sind, wenn wir sie ihres symbolischen Wertes entkleideten? Zeigten sie sich dann nicht vor unserem verwirrten und unaufmerksamen Auge nur als materielle Körper, als Stein oder Knochen, der nichts gilt und nichts bedeutet? Und welches Schicksal hätte die Menschheit, und welcher Wert käme ihr zu, entzögen wir ihr das Symbol? Das Symbol als solches ist etwas, was keine wirkliche Existenz hat, ein Nichts. Und dennoch ist es in unserem menschlichen Leben ein und alles. Denn es ist dieses Nichts, mit dem wir unsere Daseinsberechtigung begründen, auf die wir uns viel zugute halten und wodurch wir uns von den übrigen Lebewesen auszeichnen. In ihm liegt der ganze Unterschied zwischen den höheren und den niederen Tieren.

Der Arzt untersuchte die Knochen. Mit einer Chirurgenschere, die er in seinen Händen hielt, über die er durchsichtige Handschuhe gestreift hatte, schnitt er symbolisch den Gedankenfaden meiner Betrachtungen entzwei, indem er sagte: »Es handelt sich jedenfalls um eine Frau.« Und er fuhr in seiner Arbeit fort und bemerkte: »Die Rippen sind unversehrt. Und der Schädel, die Schädeldecke ... auch; das Zungenbein ...«

Jetzt beobachtete ich ihn sehr aufmerksam. Dieser Halsknochen mußte den Beweiß erbringen, ob ein Verbrechen vorlag oder nicht. War er gebrochen, so bedeutete das, daß ein Fall von Erdrosselung vorlag, und uns hatte ja nichts anderes zur Exhumierung und Untersuchung der Leiche bewogen als die Prüfung des Zungenbeins. Der Arzt ließ mir keine Zeit zum Fragen, er zeigte mir den Knochen, den er zwischen den Fingern hielt, und rief: »Gebrochen!«

Dieses Wort genügte, daß ich meinen Standpunkt in dieser Angelegenheit bezog: Was in der anonymen Zuschrift behauptet wurde, war zur Gewißheit geworden. Was gab es da noch abzuwarten?

»Dann sind wir ja fertig«, sagte ich zu dem Arzt und beschloß, sogleich zurückzukehren, damit das Nötige veranlaßt werde, um den neuen Fall aufzuhellen, der ohne jeden Zweifel der Schlüssel zum ersten war.

Der Gerichtsarzt beendete seine Arbeit, der Totengräber schaffte die Leiche in unserer Gegenwart an ihren alten Platz und verschloß das Grab wieder. Ich blieb unterdessen schweigsam auf meinem Platz und überlegte, wer wohl diese Frau erwürgt haben mochte. Ihr Mann etwa, der Verwundete? Und was konnte ihn dazu getrieben haben? Und was hatte ihre Schwester Rim damit zu tun? Wußte sie, daß ein Verbrechen vorlag? Wo war sie jetzt? Ihr jetziger Aufenthalt war von größter Wichtigkeit für die Vernehmung. Wie aber sollte man sie ausfindig machen? Sicherlich kannte Scheich Usfur ihr Versteck, oder er konnte uns wenigstens bei der Suche helfen. Also, sagte ich mir, nehmen wir Scheich Usfur als den Anfang eines neu zu verfolgenden Fadens; ich werde ihn mit meinen Mitteln bewegen, die sich merklich von dem drastischen Vorgehen der Präfektur unterscheiden. Solch einen Menschen fängt man mit List und Langmut. Was wäre zum Beispiel, wenn man ihm zu verstehen gäbe, daß es in meiner Macht liege, das Mädchen mit ihm zu verheiraten? Die Idee gefiel mir, und ich war entschlossen, sie in die Tat umzusetzen.

Wir stiegen ins Auto und fuhren zurück. Als wir auf unserer Fahrt durch das Dorf kamen, hörten wir Frauen, die aus dem Haus des Dorfchefs kamen, jammern und klagen. Ich ließ den Fahrer halten. »Ist der Gemeindevorsteher gestorben?« fragte ich.

Ich blickte aus dem Wagenfenster und wohnte einem Schauspiel bei, das ich zunächst überhaupt nicht verstand. Ich sah, wie der Hauptgendarm und sein Stellvertreter, von einigen Wächtern unterstützt, etwas in den Händen trugen und dabei von Männern, Weibern und Kindern umringt wurden, die Schreie und Jubelrufe ausstießen. Die Frauen gaben wie an Feiertagen schrille Laute von sich, wobei sie mit den Händen auf Tamburine schlugen. Ich starrte überrascht auf das, was sie da trugen; auch der Arzt sah verblüfft auf den Gegenstand: Es war das Diensttelefon, wie es in jedem Kreisbüro steht. Erstaunt rief der Arzt: »Sie machen mit dem Telefon einen Hochzeitszug, als wär's eine Braut!«

Als ein Gendarm an uns vorbeikam, winkte ich ihn heran und fragte ihn, was los sei. Er antwortete, heute sei ein Befehl eingetroffen, der den Gemeindevorsteher seines Amtes enthoben und an seiner Stelle einen anderen, einen aus der rivalisierenden Familie im Dorf, eingesetzt habe. Da wurde uns alles klar. Der Arzt beugte sich zu mir und meinte lachend: »Es scheint, das Diensttelefon ist für den Dorfvorsteher eine Art Zepter.«

Meiner Meinung nach ist das auch wirklich der Fall. Das Telefon ist das Zeichen der Autorität und der Macht und das Mittel, mit der Regierung in Verbindung zu treten. Wird es aus dem Haus des abgesetzten Vorstehers entfernt, so besagt das nicht weniger, als daß es mit seiner Herrschaft aus ist. Das Wehklagen, das aus dem Haus des ehemaligen Gemeindevorstehers drang, und das Weinen, das das Telefon begleitete, als es aus dem Haus getragen wurde, zeigten die ganze Schwere des Schicksalsschlages an. Doch wie alles hatte auch dieses Verhängnis eine strahlende Kehrseite. Das Haus des neuen Vorstehers konnte nämlich, als es das Telefon unter Jubelgeschrei und Trommelklang in Empfang nahm, von dem Einzug des Glücks und Wohlergehens Zeugnis ablegen. Das Symbol, hier in Gestalt eines Telefons aus Stahl und Holz, übernahm eine wichtige Rolle auf der Bühne dieses friedlichen Dörfchens.

Als sich der Wagen wieder in Gang gesetzt hatte, verharrte der Gerichtsarzt einen guten Teil der Strecke in Schweigen. Schließlich sagte er zu mir: »Offenbar ist der neue Gemeindevorsteher ein Parteigänger der neuen Regierung.«

»Dieses Dorf«, antwortete ich ihm, »ist wie jedes andere heutzutage in Ägypten: da gibt es zwei oder mehr einflußreiche Familien, die sich das Amt des Gemeindevorstehers streitig machen und von denen sich jede an eine der politischen Parteien bindet, die um die Macht ringen. Warum sollen die Verhältnisse im Dorf anders als im ganzen Staat sein? Ist es denn nicht ein Staat im Kleinen?

18. Oktober

Als ich wieder in mein Büro gekommen war, ließ ich als erstes Scheich Usfur herbeiholen. Mit gesenktem Kopf und wortlos erschien er, und ich fragte ihn unvermittelt: »Gefällt dir Rim?«

Er sah auf und warf mir einen bohrenden, durchdringenden Blick zu; dann senkte er wieder den Kopf und gab keine Antwort.

»Ich bin gewillt«, fuhr ich fort, »dich auf der Stelle mit ihr zu verheiraten.«

Er rührte sich nicht.

»Wenn sie hier wäre«, sagte ich weiter, »würde ich sie sofort ...« Ich versuchte ihn zum Sprechen zu bewegen, aber es gelang mir nicht, ihn aus seinem Schweigen zu reißen.

Endlich begann er in seinem Singsang, der wie ein Säuseln klang und doch ganz deutlich zu vernehmen war:

»Ich warnte dich: 'Nun sinn nicht mehr!'
Doch du folgst, wo es dich hindrängt.
Der Hundeschwanz geht hin und her,
sei er in Leisten auch gezwängt.«

»Schweig, du Dummkopf!« fuhr ich ihn an und warf ihn hinaus. Es war klar, aus diesem Kerl war nichts Vernünftiges herauszuholen.

Als nächstes ließ ich den Sanitätsbader kommen und fragte ihn nach der Angelegenheit mit der erwürgten Frau, vor allem, wie man die Bestattung ohne Erlaubnis der Staatsanwaltschaft habe genehmigen können.

»Bei Eurer Ehre, Exzellenz«, antwortete er sogleich, »wußte ich denn, ob sie erwürgt oder verbrannt war? Der Herr Sanitätsarzt gab die Anweisung, sie wie üblich zu begraben.«

»Ohne Untersuchungsvermerk?«

»Ach, Exzellenz, wenn wir über jeden, der stirbt, einen Vermerk machen wollten, wären wir schon längst gestorben!«

»Man sollte, mit anderen Worten, bei keinem eine Untersuchung oder Ermittlung ...«

»Der Gang der Dinge, Exzellenz, ist doch, daß die Sanitätsbader der Dörfer den Inspektionsarzt anrufen, und der Herr Dokter an seinem Schreibtisch hat weiter nichts zu tun, als sich bei uns jedesmal nach der Todesursache zu erkundigen. Wir antworten dann durchs Telefon: 'An seiner letzten Krankheit ist er gestorben, Doktor.' Und er: 'Begraben, begraben, begraben ...'«

»Maschallah! Maschallah! Recht so!«

Mir schien es unnütz, den Bader weiter zu befragen. Ich kannte ja diese Sanitätsbarbiere: sie interessiert einzig, den Angehörigen des Verstorbenen fünf Piaster abzunehmen, dann geben sie die Erlaubnis zur Bestattung, ohne dem Toten auch nur ins Gesicht geschaut, ohne die Wohnung eines Blikkes gewürdigt zu haben. Sie sind Beerdigungsvermittler. Selbst wenn man annehmen wollte, es gäbe unter ihnen einen, der seine Aufgabe sorgfältig zu erfüllen trachte und die Leiche besichtigen gehe, was für einen Untersuchungsvermerk kann so ein ausgemachter Dummkopf schon abfassen? Er findet einen Mann oder eine Frau vor, die den letzten Atemzug getan haben und an denen keine sichtbaren Verletzungen festzustellen sind. Wie soll er nun wissen, ob ihrem Tod etwas Verdächtiges anhaftet oder nicht? Die Sanitätsbader, eine Einrichtung, die in der ganzen Welt kein anderer Staat kennt, sind tatsächlich unser wunder Punkt.

Genauso fragwürdig ist übrigens bei uns auch die Zulassung der Hebammen. Ich muß immer wieder an das denken, was mir einmal ein Arzt des Kreiskrankenhauses erzählt hat: Eines Tages rief man ihn zu einer schwierigen Entbindung in irgendein Dorf. Er brach auch sogleich auf und traf die Frau auf ihrem Lager mit einem heraushängenden Ärmchen der Leibesfrucht an. An ihrer Seite saß ein altes Weib mit rotgefärbtem Haar und roten Wangen, die man Sitt Hindia, die

Wehmutter, nannte. Es wurde ihm dann berichtet, die Frau befinde sich schon seit drei Tagen in diesem Zustand, mit dem heraushängenden Ärmchen.

»Und warum hast du bis jetzt gewartet«, fragte er die Hebamme, »und nicht eher einen Arzt geholt?«

»Wir haben auf Allahs Hilfe gewartet und haben uns gesagt: Allah wird sie wohlbehalten herausführen.«

Er tastete die Gebärmutter ab, die ganz mit Stroh ausgestopft war, die Harnblase der Schwangeren war zerfetzt. Die Frau lag im Sterben, es bestand keine Hoffnung mehr, und das Kind war schon zwei Tage tot. Er sah sich im Raum um und erblickte zu Füßen der Frau einen Haufen schmutziges Stroh, nach dessen Verwendung er Sitt Hindia, die diplomierte Geburtshelferin, befragte. »Das war so, Herr Doktor: Als ich das Kleine mit der Hand herausziehen wollte, rutschte es mir immer weg. Da hab ich mir gesagt, ich werde mir die Hand mit Stroh abreiben.« Und dabei hielt sie dem Arzt ihre Hand mit den großen schwarzen Krallen und voller Stroh hin.

Dieser Arzt hatte mir noch gesagt, die Hebamme sei mit der Frau umgesprungen wie mit einer Büffelkuh, und das Ergebnis - die Schwangere und das Kind seien gestorben, die Gesundheitsbehörde hingegen habe sich damit begnügt, der Diplomhebamme die Lizenz zu entziehen. Das Zulassungsverfahren aber habe sich in keiner Weise geändert, obwohl man genau wisse, daß Jahr für Jahr Tausende von Kindern eines solchen Todes stürben.

Ich schaute den Sanitätsbader eine Weile an, und mir wurde klar, daß in Ägypten eine Menschenseele nichts gelten kann, wenn denen, die über die Seelen wachen sollen, so wenig daran liegt. Also ließ ich auch diesen Mann wieder laufen.

Ich sagte mir, der beste Weg bei der weiteren Verfolgung des Falls müßte die Ermittlung des anonymen Briefschreibers sein. Ich überlegte einen Augenblick, und mir kam der Gedanke, dem geistlichen Richter den handgeschriebenen Brief vorzulegen, damit er unter seinen Angestellten oder den geistlichen Advokaten für mich Erkundigungen einholen könne. Vielleicht war ihm selbst schon einmal diese Schrift unter die Augen gekommen. Denn je mehr sich meine Vermutung verdichtete, daß der Briefschreiber ein Asharist sein dürfte, desto stärker mußten meine Nachforschungen in den Bereich des islamischen Gerichtes zielen.

Ich ließ darauf Abd al-Maksud Efendi rufen, den Vorsteher der Kriminalkanzlei, der ein Freund des geistlichen Richters war, und sagte ihm, er möge mich sogleich begleiten.

So gelangten wir kurz danach vor jenes Gerichtsgebäude. Wir fragten nach dem Richter, und man führte uns zu einem Zimmer, vor dessen Tür ein Paar Pantinen standen. Abd al-Maksud Efendi flüsterte mir ins Ohr, der Ehrwürdige vollziehe sicherlich gerade die Waschung vor dem Mittagsgebet, und schilderte mir mit wenigen Worten die große Frömmigkeit und die asketische Haltung dieses Richters. Wir klopften an, traten ein und sahen ihn ohne sein weitärmeliges Obergewand und ohne Turban auf der Gebetsmatte sitzen, vor sich eine Schüssel Datteln von jener fruchtbeladenen Palme, die wir im Hof des Gerichts bewundert hatten. Als er uns erblickte, erhob er sich, begrüßte uns und lud zum Platznehmen ein, wobei er für uns Ingwer bestellte. Abd al-Maksud Efendi hielt es für seine Pflicht, mir die Mühe des Gesprächsanfangs abzunehmen, und wandte sich an den geistlichen Richter: »Seine Exzellenz der Herr Staatsanwalt wünschen, daß ...«

Der Richter entgegnete schnell und irgendwie beunruhigt: »Etwas Gutes hoffentlich? Handelt es sich um ein persönliches Begehren oder ...«

Die Aufregung, die sein Verhalten verriet, ließ mich an eine Geschichte denken, die von ihm erzählt wurde und die ich vom Präfekten gehört hatte. Nach dessen Worten hatte sich der Gouverneur eines Tages in der Absicht, die Kreisstadt zu verschönern und der Volksgesundheit etwas Gutes angedeihen zu lassen, dafür entschieden, mitten im Ort eine Promenade anzulegen, und daran sollten sich einige der Notabeln mit Beträgen, die in ihrem Vermögen lagen, beteiligen. Als nun der geistliche Richter davon hörte, lief er zum Präfekten, nannte den Plan eine Unverschämtheit und schlug statt dessen den Bau einer Moschee zur Verehrung Allahs und als Ansporn der Menschen zu Frömmigkeit und Tugend vor. Der boshafte Präfekt pflichtete den Worten des Richters bei und zeigte für seine Idee große Begeisterung. »Den Plan mit der Moschee muß man dem Gouverneur vortragen«, sagte der Präfekt. »Ich bin überzeugt, daß er seinen Beifall findet. Und um das Herz Seiner Exzellenz vollends zu erfreuen, werden wir den Namen Euer Ehrwürden als ersten auf die Spendenliste setzen, mit, sagen wir, einer Summe von fünf Pfund.«

Der Präfekt hatte mir erzählt, daß der Richter, kaum habe er diese Summe erwähnen hören, erbleicht sei und nicht gewußt habe, was er sagen sollte; er habe aber auch nicht gewagt, seinen Vorschlag zurückzuziehen, in solch arger Bedrängnis sei er gewesen. Darauf hatte ja der Präfekt bloß gewartet, obgleich er nur zu gut wußte, daß der Richter reich war und in glänzenden Verhältnissen lebte. Aber dieser Wohlstand äußerte sich durch nichts in seinem Leben. Er bewohnte zwei kleine Zimmer, und als Mahlzeit genügte ihm etwas Käse mit zwei Rettichen und ein paar Datteln. Als ihn der Präfekt anläßlich des Festes einmal besuchte, fiel ihm auf, daß in seinem Empfangszimmer nichts weiter als zwei mit schmutzigem Lammfell bedeckte Holzbänke standen, zwischen denen eine alte Matte lag. Seine beträchtlichen Einkünfte legte er, bis auf drei Pfund für die monatlichen Ausgaben, zurück, um von dem Ersparten am Ende des Jahres Häuser und Land zu kaufen. Sein Geld trug er auf keine Bank, denn er fürchtete, jemand könnte den Gesamtbetrag erfahren. Es wußte auch keiner, wo er es das ganze Jahr über versteckt hielt.

Der Präfekt hatte mir schließlich noch erzählt, der Richter habe sich dann am folgenden Morgen in aller Frühe eilends bei ihm eingestellt, mit einem Gesicht, das die durchwachte Nacht verriet, und habe ihn ganz verlegen gefragt: »Habt Ihr schon Seiner Exzellenz dem Gouverneur das Moscheenprojekt gemeldet?«

»Freilich«, habe der Präfekt, innerlich lachend, erwidert, »heute abend bin ich zu Seiner Exzellenz bestellt.«

Da habe sich jener beeilt, ihm mit wohlgesetzten Worten und aller Liebenswürdigkeit ins Ohr zu flüstern, als wäre es ein Geheimnis: »Euch allein kann ich's anvertrauen: die Sache mit den fünf Pfund ...«

»Was ist mit ihnen?«

»Es besteht leider überhaupt kein Anlaß, nein, nicht der geringste, sie zu nennen.«

Diese Begebenheit fiel mir unwillkürlich ein, als mich der Richter, sichtlich beunruhigt, fragte, ob es sich um etwas Besonderes handle, denn ich konnte an seiner Miene ablesen, was in ihm vorging. Offenbar fürchtete er, man könnte ihn noch einmal um einen Beitrag dieser Art angehen. Ich beeilte mich also, ihn zu beschwichtigen und wissen zu lassen, daß unser Besuch mit den Pflichten unseres Amtes zusammenhänge. Wir zogen auch sogleich aus dem Aktenbündel das anonyme Schreiben heraus, legten es ihm vor und sagten, was wir von ihm wünschten. Da atmete er beruhigt auf.

»Die Sache ist einfach«, entgegnete er. »Aber trinken wir erst Ingwer ... und dann sehen wir uns den Brief einmal an.« Er klatschte in die Hände und rief: »Scheich Hassanein! Schick uns den Bürodiener!« Er schwieg einen Augenblick, kehrte sich schließlich wieder uns zu und begrüßte uns: »Seid willkommen, seid willkommen! Es ist uns eine große Ehre ...«

Abd al-Maksud Efendi wollte mir die Freundschaft, die ihn mit dem geistlichen Richter verband, und die Vertrautheit vor Augen führen; deshalb sagte er zu mir, wobei er auf ihn wies: »Ehrwürden sind einer der großen, gründlichen Gelehrten ...« Und zum Richter gewandt, setzte er hinzu: »Ich werde nie den Tag vergessen, ehrwürdiger Richter, an dem der Vortrag stattfand, bei dem Ihr den jungen Professor so beschämt habt.«

Mit einer abwehrenden, beschwörenden Gebärde unterbrach er ihn: »Allah möge ihn beschämen! Nie habe ich Gottlosigkeit und Unwissenheit ausstehen können! – Stellen

Sie sich vor«, sagte er zu mir, »dieser Efendi, Geographieprofessor einer höheren Lehranstalt, hat einmal einen Vortrag über einen christlichen Gelehrten namens Schintun gehalten, von dem er behauptete, er könne das Gewicht der Erde und des Himmels exakt bestimmen ... Gott, der Allmächtige, möge ihm verzeihen!«

Mich beschäftigte eine Weile der Name, so wie ihn der Richter ausgesprochen hatte, und endlich ging mir ein Licht auf: von dem gelehrten Mathematiker Einstein war die Rede. Ich dachte, es müßte belustigend sein, mehr von dem, was da vorgefallen war, zu hören, denn ohne Zweifel handelte es sich um den Kampf zweier Auffassungen und den Zusammenprall zweier Köpfe. Solchem Schauspiel habe ich immer gern zugesehen, also war ich auf den Ausgang gespannt.

»Und Sie waren bei diesem Vortrag, ehrwürdiger Scheich?« fragte ich den Richter mit sichtlichem Interesse.

»Ja, bei Allah, der der Herr über Vorher und Nachher ist.«

»Und was ist passiert?«

»Passiert ist, mein Herr, daß sich dieser Professor erhob und in Gegenwart des Paschas, unseres Gouverneurs, der Spitzen der Verwaltung und der Prominenz erklärte, jener ungläubige Gelehrte habe etwas entdeckt, das weder die Alten gekannt hätten noch die Menschen unserer Tage. Da bin ich aufgesprungen und habe geschrien: 'Lüge, Herr Professor! Allah sagt in seinem ehrwürdigen Buch: »Wir haben nichts im Buche außer acht gelassen.«' Die Anwesenden ermahnten mich zu schweigen, und aus Höflichkeit tat ich es auch – in Gegenwart seiner Exzellenz des Gouverneurs, nur deshalb! –, sonst hätte ich nicht geschwiegen, beim Herrn der Kaaba! Der besagte Efendi fuhr mit seinen Ungereimtheiten und nicht wiederzugebenden Ausführungen fort, bis er schließlich behauptete, sein christlicher Gelehrter habe mit Hilfe algebraischer Gleichungen Erde und Himmel gewogen. Ich konnte nicht länger an mich halten, ich fuhr erregt hoch und brüllte: 'Hüten Sie sich, Efendi, hüten Sie sich! Sagen Sie mir lieber erstmal, ob dieser weise Schintun Himmel und Erde mit oder ohne Thron gewogen hat!' Der Professor stand ganz verstört da und mußte mich erst fragen: ‘Welchen Thron?’ Und ich zitierte ihm den Surenvers: ‘Sein Thron umfaßt die Himmel und die Erde’. – ‘Antworten Sie mir, Sie betrügerischer Professor’, rief ich, ‘denn das ist der Kern der Sache, das Wesentliche: Schließt das Gewicht den Thron ein oder nicht?’«

Ich unterdrückte mein Lächeln und fragte ihn mit ernsthafter Miene: »Und wie ging die Geschichte aus?«

»Sie verlor sich im Nichts, mein Herr. Der Vortragende konnte mir weder Rede noch Antwort stehen. Er flüchtete sich in Ausreden und machte einen Rückzieher. Das Publikum wurde laut, es entstand ein großes Durcheinander. Seine Exzellenz der Gouverneur zeigte sich äußerst ungehalten über mein Eingreifen, das er als Zeichen mangelnden Respekts ihm gegenüber auffaßte. Was aber die Hauptsache war: die Leute verließen den Vortragssaal; sie versuchten, mich in Gegensatz zum Gouverneur zu bringen, was allerdings schon zweitrangig war. Sie bestürmten mich, ich solle mich entschuldigen; ich tat es, denn meine Sache ruht in Allahs Händen. Aber seit jenem Tag werde ich den Eindruck nicht mehr los, daß mich der Pascha Gouverneur nicht mit Wohlgefallen betrachtet.« Einen Augenblick hielt er inne, dann fuhr er in verändertem Ton fort: »Doch im Hinblick auf die gegenwärtige politische Situation halte ich es für durchaus gewiß, daß das neue Ministerium, wie dies stets geschieht, unter den Gouverneuren und Verwaltungsbeamten Wechsel und Versetzungen vornimmt ...«

Ich wollte schon den Mund zu einer Antwort auftun, als der Diener ins Zimmer kam, ein halber Scheich, denn zu dem üblichen schmutzigen Fellachenkittel trug er einen Turban. Er war barfuß. Vor uns stellte er aus verschiedenen Servicen zwei Tassen mit abgebrochenen Henkeln hin.

Ich trank mit aller Vorsicht und betrachtete dabei aufmerksam den Inhalt der Tasse, ob nicht etwa statt Zuckerstückchen Küchenschaben darinlägen. Und nachdem wir Unterhaltung und Ingwer hinter uns gebracht hatten, gingen wir ans Werk.

Ich ließ mir vom Richter handgeschriebene Papierbogen seiner Angestellten zeigen, die wir wegen der Schrift mit dem Brief verglichen; wir konnten aber keine Ähnlichkeit feststellen. Dann legten wir das Schreiben allen vor, die beim Gericht waren, denn es hätte ja sein können, daß einer unter ihnen die Handschrift kannte, doch auch das führte zu keinem Resultat. Schließlich verließen wir das Gericht genauso schlau, wie wir es betreten hatten, und gingen wieder zur Staatsanwaltschaft zurück.

»Können wir nicht im Vorbeigehen das Kreisgefängnis besichtigen?« sagte Abd al-Maksud Efendi unterwegs zu mir. Ich willigte nun ein, und wir bogen zur Präfektur ab.

In seinem Amtszimmer hatte der Präfekt ein paar Gemeindevorsteher versammelt, die er mit der neuen Regierungsrichtung vertraut machte und denen er mit dem gleichen Eifer, den er bei Amtsantritt des vorangegangenen Ministers an den Tag gelegt hatte, Instruktionen erteilte. Als er mich erblickte und den Grund meines Besuches erfuhr, stürzte er mir entgegen, bot mir in seinem Zimmer den Ehrenplatz an und schloß sofort die Sitzung. Er begleitete die Dorfvorsteher zur Tür, und zu einem sagte er noch: »Halte auch du die Augen gut auf, Bürgermeister, der Regierungskandidat muß bei den Wahlen erfolgreich sein! Ich habe damit allerdings nichts zu tun, das ist euch freigestellt, klar?«

»Klar, Exzellenz«, antworteten alle wie aus einem Munde.

Doch einer war sich noch unschlüssig. «Exzellenz«, sagte er, »da gibt es eine Gruppe einflußreicher Unruhestifter von der anderen Sippe ...«

Der Präfekt gab dem Mann einen leichten Klaps auf die Schulter. »Die Aufwiegler überlaß mir nur! – So, und nun geht bitte!«

Sie gingen alle hinaus. Der Präfekt wandte sich mir zu, stieß einen tiefen Seufzer aus und sagte mit müder Stimme: »Schon zwei Tage und Nächte stecke ich in diesem Dreck.«

Ich wollte ihn aus Spaß etwas zur Vorsicht ermahnen: »Aber Herr Präfekt, wo man doch weiß, daß sie Parteigänger des früheren Ministeriums waren ...«

»Schweigen Sie bitte!« unterbrach er mich sofort. »Mein Leben lang war ich mit ganzem Herzen bei denen vom neuen Ministerium. Was im Herzen ist, ist im Herzen, und Taten verraten den Willen.«

»Lassen wir die Politik«, sagte ich lächelnd, »sprechen wir lieber von der Arbeit!« Ich berichtete ihm vom Ergebnis der Leichenuntersuchung, von der Entdeckung des gebrochenen Zungenbeins, welche die Suche nach dem Urheber des neuen Verbrechens, der Erdrosselung, erforderlich mache. Ich bat ihn, uns mit aller Aufmerksamkeit und Sorgfalt bei der Ermittlung des Täters behilflich zu sein.

»In diesen Tagen hat die Präfektur keine Zeit«, antwortete er sogleich, »sich mit Erdrosselungen, mit Brandstiftungen und ähnlichem zu beschäftigen.«

»Das erstaunt mich aber! Haben Sie etwas anderes zu tun, als für das öffentliche Wohl zu wachen?«

»Ihr versteht nicht, Exzellenz ...«

»Nein, ich verstehe wirklich nicht.«

»Sollen wir die Wahlen fahrenlassen und uns mit Mordfällen und Erdrosselungen befassen?«

»Natürlich!«

»Solche Anweisungen habe ich aber nicht erhalten.« Er drehte sich um und begann sich an ein paar Handschellen und Eisenketten, die an der Wand hingen, zu schaffen zu machen.

Abd al-Maksud Efendi bedeutete mir mit einem Augenblinzeln, die Angelegenheit auf sich beruhen zu lassen. Er wollte dem Gespräch nun eine Wendung geben und sagte: »Ihr gestattet, Exzellenz, in die Gefängnisbücher Einsicht nehmen zu dürfen ...«

Ich sah die Würde meines Amtes in Gefahr. »Ich habe persönlich die Inspektion des Gefängnisses durchzuführen«, bemerkte ich vernehmlich, »und auch der gesamten Präfektur.«

Ich stand mit einer so festen Entschlossenheit auf, daß der Präfekt aus dem Konzept geriet; er zögerte etwas, dann sagte er mit liebenswürdiger Miene: »Bitte sehr! Das Gefängnis steht Ihnen offen, doch warten Sie bitte eine Minute, Exzellenz.« Er lief aus dem Zimmer und rief: »Wachtmeister Abd an-Nabi!« Ich verlor ihn aus den Augen.

Irgend etwas trieb mich, einen Blick aus dem Bürofenster in den Hof der Präfektur zu werfen, und ich sah, wie Präfekt und Wachtmeister hastig das Kreisgefängnis aufschlossen und einige Personen herausholten, deren Äußeres auf wohlhabende Bauern aus dem Kreis schließen ließ. Sie steckte man in den Raum für Stroh und Viehfutter, der hinter ihnen verschlossen wurde.

»Sieh hin, überzeuge dich mit eigenen Augen«, sagte ich zu Abd al-Maksud Efendi, »daß das hier keine Bastille ist. Der Präfekt sperrt ein paar Männer in das Strohmagazin ein.«

»Exzellenz«, entgegnete Abd al-Maksud flehentlich, »es sind doch schlechte Zeiten, im ganzen Land dreht sich jetzt alles um die Politik. Das ist doch kein Grund, nun überspitzt...«

»Soll das heißen, daß wir Menschen im Kerker lassen sollen, die nichts verbrochen haben?«

»Exzellenz, der Vorgesetzte des Präfekten ist, Sie wissen es selbst, Innenminister und gleichzeitig Ministerpräsident, während der unsrige nur der Justizminister ist. Und es ist schon vorgekommen, daß Richter und Staatsanwälte nach Oberägypten versetzt wurden, weil sie in einer politischen Situation die Verwaltung in eine ähnliche Lage gebracht hatten.«

»Mit anderen Worten, wir sollen die Bücher abzeichnen und den Mund halten ...«

»Sollen wir besser sein, Exzellenz, als ... Andere waren geschickter.«

»Na schön. Bringe man die Bücher, und Ruhe dann!«

19. Oktober

Nach allem, was vorgefallen war, sah ich keinen anderen Ausweg, als jenen Freier zu ermitteln, der sich dem Mädchen Rim genähert hatte. Wie aber sollten wir uns über ihn unterrichten, da wir noch nicht einmal seinen Namen kannten? Wir müßten die Präfektur auffordern, uns jemanden von den Nachbarsleuten heranzuschaffen, der vielleicht den Bewerber kennt, am besten eine Nachbarin, denn Frauen sind von Natur aus neugierig und geschwätzig; es gibt keine Nachbarin, die nicht die Namen aller Heiratslustigen und aller Mädchen der Gegend wüßte. Die Frage war nur, ob ich in diesem Augenblick die Präfektur beauftragen konnte, einen Zeugen beizubringen oder einen Verbrecher zu suchen, denn in unserem Landkreis hatte man am heutigen Tag einzig die Politik im Kopf. Ich werde keinen Gendarmen finden, der mir jetzt zu Diensten steht. Das beste wäre immer noch, wenn wir selbst das Dorf aufsuchten und den dortigen Polizeiposten bäten, uns die gewünschte Frau zu holen.

Ich gab also dem Pförtner einen entsprechenden Auftrag, und der ging ans Telefon, nahm den Hörer ab und schrie, wohl länger als eine Viertelstunde: »Zentrale! Zentrale! Zentrale, melden! Seine Exzellenz der Staatsanwalt steht hier neben mir. Zentrale, melden!«

Die Zentrale lieh uns aber keins ihrer schläfrigen Ohren und kümmerte sich absolut nicht um uns. Der Pförtner kochte vor Wut, und seine Hand drehte so heftig die Kurbel, daß er sie fast herausriß. Das Telefon war einer jener Dienstapparate, mit denen sich zwei Personen nur in Verbindung setzen können, wenn sie sich die Seele aus dem Halse schreien, wenn nicht hundertmal der Anschluß unterbrochen wird und in das Gespräch nicht andere Gespräche aus anderen Ortschaften und über die verschiedensten Themen geraten. Da verlangt einer, man sollte ihm einen Angeklagten schicken, und eine Stimme antwortet ihm mit Problemen der Bewässerungsinspektion, redet über Schleusen oder Arbeitsschichten der Kanalwachen, während ein anderer von ausgehobenen Rekruten spricht oder Befehle und Verbote durchgibt.

Heute aber war überhaupt keine Antwort zu bekommen. Unaufhörlich drehte der Pförtner die Kurbel, als hätte er eine Kaffeemühle in der Hand, und schrie in einem fort, bald drohend, bald flehentlich: »Hab Erbarmen, Zentrale! Ein Wort nur, Zentrale! Zentrale, o Zentrale! Antworte mir, Zentrale!«

»Klingt ja hübsch und artig, du solltest aber die Zentrale verlangen und keine Liebeserklärungen machen«, fuhr es mir heraus.

»Es scheint, Exzellenz, da ist niemand, nicht der Herr Offizier, nicht der Feldwebel, überhaupt keiner.«

»Keiner?«

»Es sind doch Wahlen, Exzellenz.«

»Und was nun?«

»Rufen wir den Gemeindevorsteher dort an, er soll uns die Person in Begleitung irgendeines Beauftragten herschicken.«

»Ruf an!«

Schließlich gelang es uns, die Nachbarin mit einem Sonderbegleiter kommen zu lassen. Die Mittagszeit war schon herangerückt, und das Einerlei im Büro, die Untersuchung von Fälschungen, die Anzeigen wegen schamlosen Wucherzinses, was alles mit der täglichen Post von der Präfektur einging, hatte mich ermüdet. Jetzt bestand der Hauptteil aus Berichten über Landstreicherei, deren man die Widersacher der an die Macht gekommenen Regierung beschuldigte. Welch einfache und wirksam zu handhabende Waffe in den Händen der Verwaltungsleute. So kann jeder Sproß aus prominenter Familie bezichtigt werden, keiner Arbeit nachzugehen, und aus diesem Grunde verhaftet und, mit Einwilligung der Staatsanwaltschaft, vier Tage eingesperrt werden, während man Ermittlungen durchführt und über sein Vorleben in Kairo Erkundigungen einholt. Und man zeige mir heute den Staatsanwalt, der sich den Haftbefehlen der Präfekten zu widersetzen wagt!

Sobald ich alles, was Allah und die Präfektur wollten, erledigt hatte, ging ich essen und kam am Nachmittag zur Vernehmung der Frau zurück. Die schwatzte wortreich drauflos, ich konnte aus ihrem Redeschwall aber nur entnehmen, daß der junge Bewerber Hussein hieß und nicht aus diesem Dorf, sondern aus einem Nachbardorf stammte.

»Liebe Frau, er hieß Hussein, und wie weiter? Es gibt doch tausend Husseins im Dorf! Wie war sein Familienname?«

»Ich weiß nicht, mein Herr. Das Mädchen sagte immer, er heißt Hussein. Was soll ich da nach Stamm und Geschlecht fragen? Ich bin nichts als eine arme, schwache Frau, all das liegt mir doch fern. Was ich am meisten verabscheue, ist vieles Reden. Mein ganzes Leben, Herr, habe ich in unserem Dorf nie viel geredet und nie viel gefragt, ich habe an mir genug. Es heißt ja: ‘Steckst du die Nase zwischen Zwiebel und Schale …’«

»Schweig! Hast mir schon mit unnützem Zeug den Kopf ganz voll geredet. Sag lieber – wenn wir dir den Burschen zeigen, wirst du ihn wiedererkennen?«

»Selbstverständlich würde ich ihn wiedererkennen, mein Herr, selbstverständlich! Noch hab ich ja mein Augenlicht nicht verloren, ich habe, Allahs Name sei dir …«

»Genug, genug, ich weiß, du bist einzig, Allah sei dafür gepriesen! Du liebst nicht viel Gerede und auch nicht …«

»Viel Gerede? Nie, bei Eurer Ehre, all das liegt mir doch fern! Ich habe von dem Tag an, wo …«

»Aus!«

Ich rief den Pförtner und befahl ihm, die Frau mit hinauszunehmen und in der Vorhalle nicht weit von seinem Platz warten zu lassen, bis sie wieder gerufen würde. Ich beauftragte ihn außerdem, mit dem Dorf, aus dem der Bursche war, zu telefonieren, damit sie uns alle jungen Männer schickten, die Hussein hießen und deren Verhältnisse und Personenbeschreibungen mit den Angaben, die wir besaßen, übereinstimmten. Dann setzte ich mich eine Weile hin und wartete, wobei ich überlegte, welchen Wert diese juristische Parade haben könnte.

Tatsächlich vertraute ich der Beobachtungsgabe solcher Frauen nicht allzusehr. Ich werde mich stets des Mordprozesses erinnern, bei dem wir der Frau des Getöteten den Angeklagten zusammen mit anderen Personen gegenüberstellten, die wir an jenem Vormittag aufs Geratewohl während der Verhandlung aus dem Saal der Zivilklagen geholt hatten. Unter ihnen befand sich ein Unglücksmensch, der sich mit den Beweisunterlagen für seine Teilhaberschaft an einer Büffelkuh eingestellt hatte, um seinen Anspruch gegenüber seinem Prozeßgegner bei dem Friedensrichter vorzubringen. Nun stand er eingezwängt unter denen da, die man aus dem Gerichtssaal gebracht und in langer Reihe in einem Raum der Staatsanwaltschaft aufgestellt hatte. Der Staatsanwalt, in diesem Falle ich, schickte dann eine weißhaarige Frau zu ihnen hinaus, die den Mörder ausfindig machen sollte. Die Frau blickte ihnen prüfend ins Gesicht, schlug sich an die Brust und stieß Verwünschungen gegen den Mörder ihres Mannes aus. Als sie an den wirklichen Mörder kam, ging sie ohne weiteres an ihm vorüber, doch als sie bei jenem Unglücklichen mit den Beweisunterlagen angelangt war, der ja überhaupt nichts mit der ganzen Sache zu tun hatte, versetzte sie ihm einen Faustschlag vor die Brust, der ihn fast umgeworfen hätte, und brach in wildes Geschrei aus:

»Das ist der Schuldige!«

In seinem Schrecken wußte der Mann zunächst nicht, was er sagen sollte, doch als er sich gefaßt hatte, rief er: »Meine Dame! Ich soll Sie kennen?«

Sie hörte aber nicht auf ihn und schrie immer weiter: »Der Schuldige! Mein Blut! Der Schuldige!«

Da wandte sich der Mann schutzsuchend an mich. »Helfen Sie mir, Exzellenz! In meinem ganzen Leben habe ich sie nie gesehen noch gesprochen.«

Darauf stellte der Staatsanwalt, also ich – und damit will ich mich keineswegs brüsten –, folgende sattsam bekannte Fragen, die man auswendig kennt, die von der Amtsroutine herrühren und die uns, falls man sie, selbst in den unangebrachtesten Fällen, zu stellen unterläßt, als ein Versagen von seiten des Präsidiums angerechnet werden, völlig alberne, nichtssagende Fragen, die die Justiz jedoch als eine Fangschlinge betrachtet, in die sich der Verbrecher verstrickt: »Gab es je Zwist zwischen dir und dieser Frau?«

»Niemals, mein Herr! Weil ich sie nicht kenne ...«

Ich wartete etwas, um ihm jene andere Frage zu stellen, die jeder Staatsanwalt und jeder Richter mit einer Gewißheit und Selbstsicherheit stellt, als umklammere seine Hand einen stichhaltigen Beweis. »Ja, und aus welchem Grund verklagt sie dich?«

»Soll ich das wissen? Es ist ein Unglück, das heute morgen über mich hereingebrochen ist.«

»Nimm ihn fest, Wache!«

»Mich festnehmen? Exzellenz, ich habe unten einen Zivilprozeß, lassen Sie mich bitte gehen, ich muß meine Angelegenheit erledigen!«

Aber der Mann wurde in Untersuchungshaft genommen, und als zu seinem Prozeß aufgerufen wurde, konnte er natürlich nicht erscheinen. So wurde sein Anspruch hinfällig. Er hockte unterdessen auf dem Asphaltboden, seine Unterlagen in der Hand und in Gedanken verloren, wie er, mir nichts, dir nichts, in eine solche Lage hatte geraten können.

All das ging mir wieder durch den Kopf, und ich sagte mir, dieser gerichtlichen Ermittlung dürfe kein allzu großer Wert beigemessen werden, denn hinsichtlich dessen, was diese Fellachen aussagen, deren Augen von frühester Kindheit an von Eiter zerfressen werden und deren Verstand wie Brachland der Gnade der rechtsprechenden Herren jeder Art überlassen ist, könne man sich auf nichts stützen, wollte man zu einem Urteil oder auch nur zu einer Klärung gelangen. Kann es denn etwas Seltsameres geben, als das folgende Beispiel eines gerichtlichen Ermittlungsverfahrens, das ich in einem Fälscherprozeß durchgeführt habe?

Den Angeklagten, einen Efendi, reihte ich unter verschiedene Fes tragende Personen ein und ließ dann das Opfer, einen Fellachen, kommen, der mir unter diesen Leuten »seinen Schuldigen« zeigen sollte. Der Mann, der eine Zeitlang die Gesichter betrachtete, ließ schließlich von der ganzen Reihe ab, stellte sich vor mich, den Staatsanwalt, der die Untersuchung leitete hin, und nachdem er mein Gesicht lange gemustert hatte, wurde zunächst in seinen Augen ein Zeichen des Zweifels, dann aber die Gewißheit sichtbar, daß er endlich auf den wirklichen Übeltäter gestoßen war. Neben mir saß gerade einer der einflußreichsten Inspektoren der Staatsanwaltschaft, der dem Ermittlungsverfahren als Hospitant beiwohnen wollte, und es war natürlich peinlich, daß der Mann gegen mich Zweifel solcher Art hegte, wodurch sich der Inspektor eine Meinung bilden konnte, die mir alles andere als angenehm war. Ich schalt also den Bauern und hieß ihn die Reihe vor ihm noch einmal mustern und den Angeklagten herausfinden; doch der verdammte Bursche überflog nur mit einem Blick die Reihe, kehrte sich nach mir um und betrachtete mich aufmerksam von Kopf bis Fuß, als wäre er sich unschlüssig und hegte einen bestimmten Verdacht. Ich werde nie die Verlegenheit vergessen, in der ich damals war. Es ist ein schlimmes Ding, sagte ich mir, solch einer Ermittlung ausgesetzt zu sein! Um aus der Bedrängnis herauszukommen, sah ich keine andere Möglichkeit, als das Verfahren sofort abzuschließen, in aller Eile zu erklären, daß der Geschädigte keinen erkenne, und die Anwesenden nach Hause zu schicken. Der Bauer ging auch, warf mir aber noch einen verstohlenen Blick zu.

Des langen Überlegens kurzer Sinn: will man diese Verfahren beibehalten, die nach den neuen Gesetzbüchern in unserem Rechtsleben Anwendung finden, dann muß man entweder die Mentalität der Leute, ihren geistigen Horizont und ihre intellektuellen Fähigkeiten berücksichtigen, oder man muß sich bemühen, ihr Fassungsvermögen auf die Höhe der Gesetzbücher zu heben.

Endlich erschienen die Angeforderten. Wir stellten sie in einer langen Reihe auf und holten die Frau wieder herein. Sie ging auf sie zu und murmelte: »Im Namen Allahs, des Allerbarmers!« Ich ließ ihr aber keinen Spielraum für Geschwätzigkeit, sondern ermahnte sie barsch: »Ein Wort, Frau, und aus! Wer von den Anwesenden hier ist der Bewerber?«

Die Frau trat an den nächststehenden jungen Mann heran, betrachtete ihn mit ihren Triefaugen, wie ein halbblinder Kanzleiangestellter eine Bittschrift beäugt, die er an seine Nasenspitze herangeführt hat, und fragte ihn mit gedämpfter Stimme, als sollte es nicht bis zu mir dringen: »Na, Bürschchen, heißt du nicht Hussein?«

Sofort begriff ich, daß die Alte nichts über die Angelegenheit wußte, wegen der man sie hergeholt hatte, und ich fuhr sie an: »Alle Burschen, die hier vor dir stehen, heißen Hussein!«

»Soll sie doch ...!« sagte sie unwirsch, ging auf den nächsten zu und sprach ihn an: »Und du, mein Bursche, woher bist du?«

»Aus Ambaba, meine Dame«, antwortete er mit ruhiger Stimme.

Sogleich sagte sie hocherfreut: »Ein guter Ort für Esel! Dorthin – meine Bürschchen – ging einmal mein guter Mann, um einen Esel zu kaufen.«

Jetzt konnte ich mich nicht länger beherrschen. »Raus hier, alte Hexe«, schrie ich, »Schamlose! Wir haben mit dir nur die Zeit vertrödelt, einen geschlagenen Tag! Weg mit diesen Zeugen!«

Ich schleuderte ihr meinen ganzen Zorn ins Gesicht, obwohl es sonst nicht meine Gewohnheit ist, beleidigend zu werden. Aber bei dieser Frau, die vorgegeben hatte, den Bewerber mit eigenen Augen gesehen zu haben und, sobald sie ihn vor sich hätte, wiederzuerkennen, hatte sich herausgestellt, daß sie nichts weiter als den Namen wußte. Und übrigens, wer konnte uns versichern, daß dieses Stückchen Name, Hussein, überhaupt der richtige war und nicht nur irgendein Wort, das diese einfallsreiche Alte in ihrer Geschwätzigkeit so hingeworfen hatte?

Für alle Fälle fragte ich auch die Versammelten noch nach jenem Freier, fand unter ihnen aber keinen, der verstanden hätte, was ich wollte, oder sonst etwas von der Sache gewußt hätte.

Kaum war ich allein zurückgeblieben und überlegte, was noch zu tun wäre, da ging die Tür auf, und mein Assessor trat ein, der aus der Provinzhauptstadt zurückkehrte, wo er über die ihm überlassenen Kriminalfälle berichtet hatte. Strahlend und begeistert kam er auf mich zu.

»Hauptstädte sind doch das Glück auf Erden«, sagte er sogleich, »welch ein Jammer, das man so schnell wieder in diese Hölle auf dem Lande zurück muß!«

»Haben Sie den Freispruch erwirkt?«

»Ich habe in der besten Pension gewohnt, ich habe das Doppelte ausgegeben, was ich an Spesen ...«

»Antworten Sie auf meine Frage! Was haben Sie in der Angelegenheit unternommen?«

Mein Assessor stand etwas verblüfft da, denn er hatte nicht erwartet, daß ich vom ersten Augenblick an mit solchem Ernst über Dienstliches sprechen würde. Gewiß, es wäre von mir netter gewesen, wäre ich mit ihm etwas freundlicher und sanfter verfahren; ich muß aber zugeben, daß der Fall, den ich unter den Händen hatte, an meinen Nerven zerrte; vielleicht beschlich mich auch beim Anblick dieses jungen Menschen, der frisch wie eine Rose aus jenem Reich des Glücks, von dem er sprach, zurückkehrte, irgendein heimlicher Neid, denn ich saß wie angekettet da, in eine höchstes Verantwortungsbewußtsein erfordernde Arbeit verstrickt, die weder Anfang noch Ende nahm. Doch wurde mir mein brüskes Verhalten sofort bewußt, ich versuchte zu lächeln und wollte von anderen Dingen als von Prozessen sprechen, aber die Gelegenheit war schon vorüber, der Assessor begann von dem Prozeß zu erzählen, in dem er berichtet hatte.

Er sagte mir, das der Angeklagte zu lebenslänglicher Zwangsarbeit verurteilt worden sei, weil er einen Mann gegen Zahlung von fünf Pfund erschossen habe. Der Mörder war ein sudanesischer Beduine von gewaltiger Körperkraft, ein berufsmäßiger »Seelenauslöscher«. Er war mit einem Bauern übereingekommen, dessen Feind zu töten, und alsbald wurde der Wechsel mit dem entsprechenden Preis für die Seele ausgestellt. Dann machte sich der Berufsmörder mit seinem Gewehr auf den Weg, wie ein Künstler, der nach seiner Gitarre greift, bezog unter dem Fenster der Moschee seinen Stand und wartete, bis die auszulöschende Seele eintrat und zum Gebet niederkniete. Da feuerte er, der ihr auflauerte, durch die beiden Gitterstäbe des Fensters einen einzigen Schuß ab, der pfeifend aus dem Rohr jener Höllenflöte entwich und sein Ziel erreichte. Für dieses Handwerk bedarf es einer gleich großen Handfertigkeit wie beim Tischlern, denn nur ein geübter Tischler vermag einen Nagel mit einem einzigen Hieb, ohne daß er sich krümmt oder schief sitzt, kunstgerecht ins Holz zu treiben.

Der Ausgang dieses Blutvergießens wäre der übliche gewesen, und der Prozeß hätte mit einem Freispruch geendet, wäre nicht zwischen Käufer und Verkäufer ein Streit aufgekommen: der Mörder hatte die »Ware« unverzüglich geliefert, der Käufer aber hatte die Bezahlung vergessen, was die Geduld des Berufsmörders gegenüber seinem säumigen Kunden jäh zunichte machte. Mitten im Prozeß schrie er, ohne dem Gericht oder den Richtern die übliche Ehrerbietung zu zollen: »Hast du vielleicht gewollt, daß ich ihn dir umsonst erschieße?« Darauf ließ er von seinem Kunden ab und wandte sich an das Gericht: »Ihr seid alle Zeugen, daß er sein Wort gebrochen hat. Und ich verdiene den Galgen, weil ich nicht auf Zahlung im voraus bestanden habe. Nichts schadet dem Handel so sehr, wie der Verkauf auf Kredit!«

Mein Assessor und ich lachten gemeinsam und dann teilte ich ihm einige Beobachtungen mit, die ich über solcherart Handel oder Beruf gemacht habe, der auf dem Lande so häufig vorkommt, daß man nämlich einen Mörder dingt. Der ägyptische Fellache greife, so führte ich aus, oftmals auf einen Berufsmörder zurück, damit dieser an seiner Statt töte, geradeso wie sich einige unserer alten Könige Söldnertruppen bedient hätten. Handle es sich dabei aber nun um einen moralischen Fehler des Fellachen, der seinen vielen anderen körperlichen, geistigen und sozialen Gebrechen hinzugefügt werden müsse? Oder verdanke er dieses Verhalten seiner geringen Kraft und seinem dürftigen Selbstvertrauen, die ihren Ursprung darin hätten, daß er seit alters zur Sklavenarbeit auf dem Lande, zur Feldarbeit, verwandt werde, während Reiten und Kriegsdienst den Eroberern vorbehalten blieben, etwa den als Beduinen herumziehenden Arabern und den Türken, in Zeiten, die der unseren schon näher lägen? Denn man könne beobachten, daß die Mehrzahl der Berufsmörder auf dem Lande fremden Blutes seien. Sei es nicht sogar so, daß der Fellache den Frieden liebe und es ablehne, mit derselben Hand, die die Saat streue und aus der der Wohlstand entspringe, Blut zu vergießen? Ich wüßte es nicht zu sagen. Das sei jedenfalls ein Thema, das eine Spezialstudie erfordere. Uns, die wir mit all diesen Fragen innig verbunden seien, genüge es nicht, über sie zu diskutieren, ohne uns dabei auf unsere Beobachtungen zu stützen.

Ich versuchte meinem Assessor begreiflich zu machen, daß unsere Arbeit großzügig Stoff zu Studien und Beobachtungen liefere und daß man in ihr zeit seines Lebens stets die Augen offenhalten müsse, denn dem Menschen eine richtige Bildung zu geben, das sei die beste Arbeit. Ein Staatsanwalt sei wie ein kleiner Herrscher in einem kleinen Reich. Einmal mit allem, was in diesem Reich geschieht, vertraut, über alles im Bilde und der Charaktere und Instinkte der Menschen eingedenk, sei er dann auch in die Lage versetzt, jenes große Reich, das Staat heiße, zu kennen oder, besser noch, jene weite Welt, die die Menschheit bilde, zu begreifen. Doch wie viele Staatsanwälte oder Richter hätten eine Beobachtungsgabe? Leider handle es sich hier um eine höchst wichtige Begabung, die nicht viele besäßen!

Mein Assessor, der meinen Worten größte Aufmerksamkeit schenkte, hatte wirklich überdurchschnittlichen Scharfsinn. Einen Augenblick verharrte er nachdenklich, dann hob er den Kopf und erzählte mir, wie auch er einmal eine Beobachtung gemacht hätte, die ihm bei den Kriminalfällen wirklich fragwürdig vorgekommen sei, nämlich folgende: Die Richter würden vorerst mit der Verkündung des Urteilsspruches beginnen, erst danach machen sie sich daran, die Begründung schriftlich festzuhalten; in umgekehrter Reihenfolge erschiene es ihm aber viel logischer. Eine wertvolle Bemerkung! Tatsächlich erzählte mir einmal ein Richter in aller Offenheit, er habe eines Tages, nachdem er in einem wichtigen Prozeß ein Urteil gefällt hätte und abends mit den Prozeßakten und den Gerichtsnachschriften in sein Büro zurückgekehrt sei, um seinen Bericht abzufassen, Formulierungen und Ausdrücke verfälscht, die in dem Prozeß jenes Tages sowie der vorangegangenen und ebenso in dem Untersuchungsbericht des Staatsanwaltes gefallen seien, von denen jetzt, in der Stille der Nacht, sein Verstand, klar und ausgeruht, Dinge abgeleitet habe, die, hätte er sie vor der Urteilsfällung gekannt, in weitem Maße seinen Richterspruch hätten anders geraten lassen. Was aber hätte er jetzt tun können, da das Urteil unwiderruflich gefällt gewesen sei? Es sei nichts mehr zu machen gewesen, und so habe er in jener Nacht all seine Kraft darauf verwandt, den Unterlagen all die Begründungen zu entnehmen, die seinen Urteilsspruch hätten rechtfertigen können.

Ach, wie viele lange Berichte werden doch geschrieben, um die Berechtigung und Begründung eines schnellen, bereits gefällten Urteils zu erbringen, nicht um Klarheit in das Rechtswesen zu tragen und die Wahrheit leuchten zu lassen!

20. Oktober

Ich stand wegen der vorzunehmenden Gerichtskassenrevision früh auf, denn zu den Obliegenheiten der Staatsanwaltschaft gehört auch die Kassenprüfung, und zwar ist sie verpflichtet, sie wenigstens zweimal monatlich ohne vorherige Ankündigung durchzuführen. »Ohne vorherige Ankündigung« – so steht es in den Statuten und Anweisungen als Ausdruck eines Wunsches, wie auf Theaterzetteln, doch in der Praxis gibt es so etwas nicht. Gewöhnlich vergißt der Staatsanwalt über seiner großen Beschäftigung die Kassenrevision, und der Kassierer, bei dem er ohne Ankündigung erscheinen sollte, kommt und erinnert ihn daran. Gerade er ist es, der inständig bittet, Seine Exzellenz der Staatsanwalt möge nach der ersten Monatsdekade, ehe das Geld auf die Kasse der Präfektur gebracht werde, doch die überraschende Revision vornehmen, um, entsprechend dem Gesetz, den Bestimmungen Genüge zu tun. Meistens ist also der Staatsanwalt der Überraschte, wenn ihm nämlich das Kassenbuch vorgelegt wird samt einer Aufstellung, auf der sein Name steht: Ich, der und der, amtierender Staatsanwalt, habe heute ohne vorherige Ankündigung Kassenrevision durchgeführt, bei der ich soundso viel in Banknoten, soundso viel in Hartgeld, folgende Wertsachen und folgende Hinterlegungen vorgefunden habe. – Und ohne sich aus seinem Arbeitssessel zu erheben, unterschreibt der Staatsanwalt, wobei er sagt: »Da haben Sie die Unterschrift, und lassen Sie mich in Ruhe, ich zerbreche mir schon genug den Kopf!« Mir hingegen gefällt es tatsächlich, mich persönlich in der Kasse umzusehen, selbst wenn ich schließlich einfach die Unterschrift hinsetze, ohne die Geduld aufgebracht zu haben, das Geld, das man mir vorlegt, nachzuzählen.

Nachdem ich dieser Verpflichtung genügt hatte, machte ich noch einen Abstecher und inspizierte, ebenfalls im Vorübergehen, das Lager der Staatsanwaltschaft. Unter Lager muß man sich einen Raum vorstellen, der einem Bazarladen gleicht, in dem tausend Artikel zu haben sind; wo es alle Arten von Bauernflinten und -pistolen, Messern, Sicheln, Sensen, Spitzhacken, Äxten, Keulen, Knütteln, Filzmützen, Pantoffeln, blutbesudelten und schmutzstarrenden Bauernkitteln, von Schrot und Pulver durchlöcherten Westen zu sehen gibt. Jedes Ding mit seiner Nummer versehen, dem Datum, an dem es entgegengenommen wurde, und der Signatur des Prozesses, in dem es als Beweisstück gedient hatte. Ich meine, ein einziger Blick in das Lager der Staatsanwaltschaft irgendeines Ortes zeigt uns sofort, wie es um jene Gegend beschaffen ist, welche Mentalität herrscht und auf welcher Zivilisationsstufe man dort steht. Sicherlich findet sich beispielsweise im Magazin der Chikagoer Staatsanwaltschaft überhaupt kein Knüttel und auch keine Sichel.

Anschließend ging ich in mein Zimmer hinauf, wo mich der ortsansässige Richter erwartete, dem der Bürodiener einen Kaffee gebracht hatte. Kaum sah er mich, rief er mir schon entgegen: »Aus ist's! Im ganzen Land hat sich die Anarchie festgesetzt!«

Ich wollte den Mund öffnen und ihn um nähere Auskunft bitten, doch er ließ mich gar nicht zu Worte kommen und fuhr fort: »Die Achtung vor den richterlichen Urteilen ist dahin!«

»Aber was ist denn nur passiert?«

»Passiert, mein Herr, passiert ist, daß ich ein Zivilurteil gegen einen Gemeindevorsteher von den Regierungsanhängern gefällt und den Gerichtsdiener mit der Vollstreckung beauftragt habe. Und wissen Sie, was mit dem armen Gerichtsdiener geschehen ist?«

»Nein!«

»Mit Wissen des Vorstehers versetzte man ihm einen Schlag, einen, der sich gewaschen hatte, und dann wurde er vierundzwanzig Stunden lang in die Telefonzelle gesperrt.«

»Und die Präfektur hat kein Verfahren eingeleitet?«

»Ach woher! Das wäre auch noch nicht das Schlimmste, kein Verfahren, keine Benachrichtigung. Sie lachten ihn einfach aus und verlangten, er solle seinen Auftrag sein lassen. Dann wurde die Angelegenheit zu den Akten gelegt.«

»Ja wenn sie zu den Akten gelegt worden ist, ist die Sache doch erledigt.«

»Wieso erledigt? Ich kann zu sowas doch nicht schweigen, das nennt man ein Verbrechen ...«

»Euer Exzellenz, mir scheint, Sie werden aufsässig. Wollen Sie etwa nach Oberägypten verfrachtet werden?«

»Wird man einen Richter in den Süden versetzen, weil er sich gegen den Übermut der Präfektur verwahrt?«

»Das wäre nicht das erste Mal! Es ist doch schon vorgekommen, daß ein Richter, der in einem Berufungsprozeß ein paar regierungsfeindliche Demonstranten freigelassen hatte, in den entlegensten Winkel Oberägyptens versetzt wurde; und dabei war es ein Richter, der allen Parteien und der Politik fernstand. Sie aber, der Sie sich bekanntlich aus familiären Gründen mit dem Präfekten überworfen haben, können sicher sein, daß er über Sie bereits eine vertrauliche Meldung gemacht hat, Sie als Regierungsgegner, Aufwiegler und Intrigant angeschwärzt und von Ihnen behauptet hat, Sie würden die Anhänger des Ministeriums ungerecht behandeln und somit eine Gefahr für dessen gegenwärtige Politik darstellen und so weiter. Bekannte Methode!«

»Sehr schön! Die Polizei gibt über die Richter vertrauliche Informationen!«

»So ist es.«

»Und was macht man da?«

»Überlassen Sie das mir! Ich werde mit Geschick in der Präfektur vorfühlen und dann das Nötige veranlassen.«

»So weit greift also schon die Politik in unser Leben ein, in das Rechtswesen, in die Ordnung und Sicherheit und in die guten Sitten! Ich nehme Zuflucht bei Allah. Ach, wie beklagens- wert ...« Er schüttelte bekümmert und verbittert den Kopf. »So ist's. Aber wissen Sie«, wandte er sich unvermittelt wieder an mich, »daß sich der ehrwürdige geistliche Richter, der Allahs Wege längst verlassen hat, heute als vertrauter Freund des Präfekten aufspielen wird? Und dabei ist er ihm doch nach dem, was mit der Apotheke vorgefallen ist, aus tiefstem Herzen zuwider.«

Darüber äußerte ich mein Erstaunen, obwohl mir unter den Geschichten, die ich vom Präfekten über den geistlichen Richter gehört hatte, auch diese Begebenheit schon erzählt worden war. Die Ortsansässigen, die Prominenten vor allem, sollen sich nämlich einst bewußt geworden sein, daß es ihnen an einer Apotheke fehlte, die den Weg in eine größere Stadt erspart hätte.

Sie veranstalteten also eine Geldsammlung unter sich und richteten von dem zusammengebrachten Betrag eine Apotheke ein, hübsch säuberlich, mit allem, was dazu gehört, und setzten einen diplomierten Apotheker, einen Syrier namens Gabbur, als Geschäftsführer ein. Dann suchte man noch einen, der die finanziellen Angelegenheiten und die Verwaltung der Apotheke überwachen sollte, und die Wahl traf schließlich den ehrwürdigen geistlichen Richter. Freilich, wer hätte in diesem Ort besser dazu berufen sein können, die Gelder der Teilhaber, Muslime und Nichtmuslime, in Obhut zu nehmen, als der Ehrwürdige mit dem achtunggebietenden Bart und dem langen Rosenkranz? Der Präfekt billigte die Ernennung des geistlichen Richters zum Revisor, und dieser fühlte sich derart geehrt und nahm sein Amt so ernst, daß er täglich im Laufe des Nachmittags vor der Apotheke Platz nahm. Wenn er kam, räusperte er sich vernehmlich, begann Allah anzurufen, den Propheten samt seiner Familie und seinen Gefährten zu preisen, und schrie dann: »Chawaga Gabbur, den Kaffee und die Wasserpfeife!«

Tag für Tag fanden sich auch zahlreiche Freunde und Verwandte aus den umliegenden Dörfern bei ihm ein; jedem bestellte er einen Kaffee oder einen Tee, natürlich auf Geschäftskosten der Apotheke. Und bevor er aufbrach, vergaß er schlechterdings nie, einen Blick auf die Auslagen im Laden zu werfen und zu bemerken: »Hast du noch Moschusseife erster Qualität, Gabbur? Dieses Eau de Cologne da in der Flasche ist auch nicht übel.« Jedesmal wenn der Ehrwürdige nach Hause kam, war stets kurz vor ihm die Ware eingetroffen, die sein Gefallen gefunden hatte.

Es gab auch Tage, da setzte er sich mit seinen Kindern vor die Apotheke oder ließ sie um sich herum spielen, und wenn sie Hunger bekamen oder zu plärren begannen, rief der Richter dem Diplomapotheker zu: »Chawaga Gabbur, bring den Kindern aus deinem Laden ein paar Pfefferminzplätzchen!«

Brauchte Ehrwürden gelegentlich etwas Geld, so wandte er sich an den Apotheker. »Gib mir vier Zehnerchen aus der Schublade!« meinte er. Oder kam eine Frau vorbei, die Hühnchen zu verkaufen hatte, dann kaufte der Ehrwürdige zwei recht gewichtige und richtete das Wort an Gabbur in seiner Apotheke: »Chawaga Gabbur, bezahl's aus der Schublade!«

Doch schließlich war Gabburs Langmut zu Ende, und eines schönen Tages entgegnete er dem Richter: »Schublade, Schublade! Zappenduster ist's in der Schublade!« Zwischen Revisor und Apotheker entbrannte ein Streit, in dem Gabbur schwor, dem Richter die Knochen zu brechen, falls er sich wieder vor der Apotheke blicken ließ. Er wandte sich um Hilfe an den Präfekten und legte ihm die Situation dar, in die das Geschäft geraten war. Es stand unmittelbar vor dem Bankrott, die Präparate hatten sich verflüchtigt, die Einnahmen versiegten und es blieb keine Hoffnung auf Fortbestehen. Der Apotheker selbst hatte in letzter Stunde, getreu dem Vorbild des Allerehrwürdigsten, auch noch vom Bestand abgezwackt, was sich ihm anbot, sei es vom Rest in der Schublade, sei es von den Waren und Apparaten.

Der Präfekt tobte vor Wut. Er schrie den prominenten Teilhabern ins Gesicht: »Das haben wir nun davon, daß wir uns auf Bart und Rosenkranz verlassen haben!«

Seit jenem Tag fluchte der Präfekt vor aller Welt über den geistlichen Richter, der Allahs Wege längst verlassen habe, während der geistliche Richter den Präfekten beständig in wegwerfendem Ton den Ketzer, den Glücksspieler nannte.

Da aber die Politik die Leute der Verwaltung zu Herren über eine fürchterliche Gewalt werden ließ und der Ehrwürdige um seine Person bangen mußte und in seiner Weisheit meinte, die Ruhe bestehe in der Freundschaft mit dem Präfekten, warum sollte er sich ihm nicht annähern und um seine Gunst buhlen?

Daran mußte ich jetzt denken, während mir der weltliche Richter, ein Zivilrichter, gegenübersaß; und ohne zu überlegen, sagte ich, als spräche ich mit mir selbst: »Besser, Frieden bewahren! Aber unter den augenblicklichen Umständen ... es gibt nämlich etwas, das heißt Würde ...«

Der Richter hob die Hand zu einer bedeutsamen Geste. »Wessen Würde, mon cher?« fragte er. Dann stand er auf, um zu gehen, neigte sich zu mir herunter und bemerkte mit kaum vernehmbarer Stimme: »Unter uns gesagt: Bei mir zu Hause hat sich einmal ein Fellache mit einem Lamm eingestellt. 'Das Geschenk', sagte er. 'Was für ein Geschenk, Mann?' entgegnete ich. Und er: 'Das Geschenk, auf das wir uns geeinigt hatten, damit Sie mich mit meiner Frau wieder zusammenbringen.' Nun verstand ich, worum es ging, und antwortete ihm sogleich: 'Du hast dich im Haus geirrt, mein Bester. Du willst sicherlich zum geistlichen Richter.'«

Ich zeigte keinerlei Überraschung weiter. Ich senkte den Kopf, und mein Gesprächspartner schwieg einen Augenblick; dann ging er zur Tür, grüßte flüchtig mit einer Handbewegung und verschwand.

Ich saß eine Weile ruhig da, dachte über all das nach, und mir schien es am besten, der Präfektur so etwas wie einen Extrabesuch abzustatten, um zu sehen, was über das, wovon mir der Richter soeben erzählt hatte, herauszubekommen wäre. Ich ging also hinüber, mein Pförtner hinter mir her, und als ich in das Büro des Präfekten kam, traf ich ihn wieder mit einem Dorfvorsteher im Gespräch an, wobei er einen recht heftigen Ton anschlug. Die Miene dieses Gemeindevorstehers ließ weder auf Reichtümer noch auf Würde schließen, er schien mir vielmehr einer der Ruppigsten zu sein. So ein Dorfchef ist nämlich wie eine Heuschrecke: er nimmt das

Äußere der Erdkrume an, der er entstammt; von der grünen Erde kommen die grünen Heuschrecken, von der ausgedorrten Erde die staubfarbenen. Dieser staubige Vorsteher kam zweifellos aus irgendeinem entlegenen armseligen Dorf vom Ende unseres Kreises, dort wo er in die Wüste übergeht.

Ich grüßte den Präfekten und sagte, wobei ich ihm zulächelte: »Immer noch mit den Gemeindevorstehern?«

»Was sollen wir tun!« antwortete er müde. Er lud mich ein, Platz zu nehmen, und bestellte einen Kaffee für mich, denn trotz meiner Zurückhaltung gegen ihn und seinen Club behandelte er mich immer zuvorkommend und nicht, wie die übrigen, mit Gehässigkeit, vielleicht weil ich Wert darauf lege, die Verwaltungsleute in schlichter Weise zu beauftragen, meine Anweisungen auszuführen, natürlich ohne in ihnen den Eindruck mangelnder Autorität aufkommen zu lassen.

Der Präfekt entschuldigte sich und bat mich, das Gespräch mit dem Gemeindevorsteher zu Ende führen zu dürfen, um diesen Fall abgeschlossen zu haben und sich mir ganz widmen zu könne.

»Bitte«, sagte ich; dann kehrte er sich jenem Mann wieder zu und schrie ihn mit drohender Gebärde an: »Warte nur, du scheinst mich noch nicht zu kennen! Bei Allah, ich werde unbedingt ...«

»Ich bin doch nur ein ganz unbedeutendes ...«, unterbrach ihn der Vorsteher flehentlich.

Aber der Präfekt fuhr in seiner bedrohlichen Art fort: »Du wirst schon sehen! Wenn ich dich nicht ins Parlament bringe, will ich nicht weiter Präfekt dieses Kreises hier sein!«

»Warum? Was hab ich getan, daß Ihr mich ins Parlament bringen wollt?« Er brachte das in einem kriecherisch-ängstlichen Ton vor.

Ich lachte vor Erstaunen, und der Präfekt bemerkte zu mir: »Die Wählerlisten trägt er in der Tasche, aber der Gnädige weiß nicht, was das Parlament ist! Und so was nennt man nun Gemeindevorsteher, Bürgermeister! Mit denen soll einer arbeiten!«

Dann wandte er sich wieder ihm zu. »Verschwinde, ehe ich dich rauswerfe!«

Der Dorfvorsteher ging gedemütigt hinaus, als wäre er ein Diener oder ein Bösewicht, und ich sagte mir, daß sich diese Demütigung, die er soeben in Gegenwart der Herren von der Verwaltung zu schmecken bekommen hatte, nicht verlieren würde, denn er würde sie ebenso den Bewohnern des Dorfes, das er regiert, zu kosten geben. In diesem Land wandert der Becher der Erniedrigung aus den Händen des Vorgesetzten in die des Untergebenen und gelangt zu guter Letzt zu diesem unglücklichen Volk, das ihn auf einen Schluck zu leeren hat.

Der Präfekt setzte sich an meine Seite, um zu erfahren, was ihm die Ehre meines Besuches in seiner Behörde verschaffe. Ich sagte ihm, nur der einfache Wunsch, ihn zu sehen, doch er lächelte ungläubig über diesen platonischen Beweggrund. Ich verharrte auch nicht lange bei meiner Äußerung sondern fragte ihn, nun ganz im Ernst: »Haben Sie erfahren, Herr Präfekt, daß einer der Polizisten in Ausübung seines Amtes geschlagen und festgesetzt wurde?«

»Davon weiß ich nichts«, entgegnete er sogleich.

»Ist denn keine Meldung darüber in der Präfektur eingetroffen?«

»Wäre eine solche eingegangen, so hätten wir den Fall aufgegriffen und eine Untersuchung eingeleitet.«

»Ganz gewiß ...« Ich senkte den Kopf.

Der Präfekt überlegte einen Augenblick, dann sagte er: »Hat Sie jemand über dergleichen in Kenntnis gesetzt?«

»Wenn es jemand getan hätte, hätte ich sofort mit der Untersuchung begonnen.«

»Sicherlich ...«

»Aber es scheint nichts als ein Gerücht zu sein.«

»Nichts als ein Gerücht«, fiel der Präfekt sogleich ein. »Bei Ihrem Leben, es muß vom Richter kommen, in der Absicht, die Präfektur zu verleumden. Sie wissen ja selbst, der Herr Richter kann das Gezänk nicht lassen, er sucht uns beständig auf alle mögliche Weise zu verunglimpfen.« In dieser Weise wollte er sich verbreiten, ich aber beeilte mich, ihm dieses Tor zu verschließen, denn ich wollte nicht in den Streit der Beiden hineingezogen werden.

Mir genügte es, dem Präfekten andeutungsweise zu verstehen gegeben zu haben, daß mir die Sache nicht entgangen war und daß ich nicht davor zurückschrecken würde, die erforderlichen Maßnahmen zu ergreifen. Ich erhob mich, er auch, und wie im Scherz fragte ich ihn:

»Na, und die Wahlen, Herr Präfekt ...?«

»Gehen ausgezeichnet!«

»Ordnungsgemäß?«

Er blickte mich fest an und erwiderte in dem gleichen scherzhaften Ton: »Wollen wir uns denn über uns selbst lustig machen? Gibt's in der Welt überhaupt ordnungsgemäße Wahlen?«

»Wenn ich ordnungsgemäß sage«, entgegnete ich lachend, »meine ich dies dem äußeren Eindruck nach.«

»In der Hinsicht können Sie beruhigt sein.« Er schwieg. Dann fuhr er energisch und geschwollen fort: »Glauben Sie mir, bei Allah, ich bin in Ehren hier Präfekt des Kreises und nicht etwa einer von denen, die Sie kennen. Nie in meinem Leben habe ich in Wahlen eingegriffen, nie die Landbevölkerung zur Wahl gezwungen, nie befohlen: Wählt den! oder: Nieder mit jenem! – Niemals, niemals! Ich beginne immer damit, die Leute frei wählen zu lassen, wie sie wollen ...«

Ich konnte vor Erstaunen nicht mehr an mich halten und unterbrach ihn: »Was? Das ist ja gewaltig, Herr Präfekt! Doch sind solche Worte in Ihrer Dienststellung nicht gefährlich? Sie wären wirklich ein großer Mann ...«

»Mein Verfahren bei Wahlen«, sagte der Präfekt weiter, »ist stets folgendes: Völlige Freizügigkeit! Sollen die Leute wählen, wie sie wollen, bis die Wahlen für abgeschlossen erklärt sind. Dann übernehme einfach ich – an Stelle eines Urnenträgers – die Wahlurne, werfe sie in den Kanal, kehre um und stelle an ihren Platz jene Urne, die wir in aller Ruhe vorbereitet haben.«

»Ist ja prächtig!« sagte ich etwas befremdet und zugleich enttäuscht. Weiter wollte ich nichts höre. Ich streckte ihm die Hand hin, um mich zu verabschieden.

Ich ging, und der Präfekt kam hinter mir her, um mich bis ans Tor zu begleiten. Als ich den Hof überquerte, erblickte ich eine Gruppe Gendarmen, die gerade auf die Lastwagen kletterte, und unter ihnen Scheich Usfur in seinen Lumpen und mit seiner grünen Gerte.

Ich wollte den Präfekten schon nach ihrem Vorhaben fragen, da wies er mit der Hand auf die Männer und sagte: »Die haben den Auftrag, Ruhe und Ordnung während der Wahlen aufrechtzuerhalten.«

»Was aber hat Scheich Usfur mit den Wahlen zu tun?«

»Seine Lieder haben stets ihre Wirkung bei den Fellachen.«

»Das heißt, er ist mit der Propaganda beauftragt.«

Der Präfekt schmunzelte, als wolle er meine Feststellung bestätigen, und ich schmunzelte auch. »Selbst Scheich Usfur mobilisiert ihr für die Politik!« fügte ich hinzu.

Der Präfekt warf mir einen bedeutungsvollen Blick zu und meinte mit einem Seufzer: »Was sollen wir machen?«

Dieser Satz und dieser kummervolle Atemzug reichten mir, um den Präfekten zu bemitleiden und abzuschätzen, wie heikel seine Lage und die Verantwortung waren, die er gegenüber seinen Vorgesetzten trug, welche von ihm von vornherein endgültige Ergebnisse forderten. Dazu konnte er sich aller Mittel bedienen, die er für diesen Zweck für angebracht hielt, er konnte sich aber auch mit Sicherheit ausrechnen, daß er ohne Milde und Erbarmen bestraft würde, falls er schwankte oder zurückwich.

Als ich an Scheich Usfur vorüberging, sagte ich zu ihm: »Wo ist das Mädchen Rim hin?«

Er sah mich von der Seite an und tat, als wollte er mir nicht Rede und Antwort stehen. Aber ich ließ nicht locker und fragte ohne Strenge, in versöhnlichem Ton: »Ich spreche von Rim, sehr verehrter Scheich. Sprechen wir einen Augenblick über den Fall des Mädchens Rim!«

Der Mann schüttelte den Kopf, schwenkte die Rute und antwortete in seinem Singsang:

»Wer kann dein Stellvertreter,
wer kann dir nützlich sein?
Ein Vogel, ein unsteter,
wird immer sich befrein!«

Ich lächelte und sagte dem Scheich, wobei ich mit dem Finger auf den Präfekten wies: »Sag es dem Herrn Präfekten, da er sich nun einmal des Vogels angenommen hat!«

21. Oktober

An diesem Morgen hatte ich noch nichts weiter getan als eine Tasse Kaffee am Schreibtisch geschlürft, da traf der »Telefonische Bescheid« bei mir ein, im Bereich unseres Kreises habe sich ein Fall von Vergiftung zugetragen. Eine Frau sollte von ihrem Mann, der sie verstoßen hatte, Ölgebäck erhalten haben, doch kaum habe sie es gegessen, als verdächtige Symptome bei ihr aufgetreten seien. Sie habe sofort vermutet, ihr Mann habe sie vergiftet, um der vorgeschriebenen Unterhaltskosten ledig zu sein. Das war sehr wahrscheinlich, und die Sache machte zweifellos eine Untersuchung erforderlich. Andererseits kenne ich diese Vergiftungsgeschichten nur zu gut und auch den Abscheu, den sie erregen, vor allem am Morgen. Ich wußte, ich würde dort eine Frau vorfinden, die in einer Lache von Erbrochenem und von Kot schwamm und die auf jede Frage, die ich an sie richten müßte, nicht mit Worten, sondern mit ... antworten würde. Ich suche Zuflucht bei Allah! Ich konnte nicht anders, ich mußte mein Schnupftuch hervorziehen und hineinspucken.

Mir kam der Gedanke, diesen Fall meinem Assistenten zu übertragen, und ich ließ auch gleich nach ihm rufen. Doch als er sich einfand und ich ihm den Bescheid überreichte, warf er einen flüchtigen Blick darauf und rief: »Vergiftung! Noch nie in meinem Leben habe ich in einem Vergiftungsfall eine Untersuchung durchgeführt, ich weiß überhaupt nicht, wie so etwas gemacht wird!«

Seine Worte waren völlig einleuchtend, vor allem was diese Vergiftungen anging. Selbst bei meiner jahrelangen Praxis kann ich in dieser Art von Rechtsfällen immer noch nicht das Verhör ohne den Fragebogen vornehmen, in dem die Richtlinien des Generalstaatsanwalts schriftlich festgehalten sind, weil er eine Reihe präziser Fragen enthält, die persönlich gestellt und beantwortet werden müssen. Eine Kopie dieser Fragen und Antworten ist zusammen mit einem knappen Bericht einzureichen, dazu noch ein Gefäß mit Speichel und Kotproben, wovon eine Analyse gemacht wird; nicht zu vergessen, Fingernägel und Taschen des Angeklagten, die abgeschnitten werden müssen und in versiegelten Umschlägen ebenfalls zur chemischen Untersuchung einzusenden sind, denn Reste von Arsen haften meistens unter den Fingernägeln und in den Taschenecken.

Ich ließ also den Protokollschreiber holen, der das Nötige zur Ausfahrt vorbereiten und mir auch besagten Fragebogen bringen sollte, damit ich noch einen Blick darauf werfen und mir seine Bestimmungen ins Gedächtnis rufen könne. Er brachte ihn mit seinen Richtlinien, und ich las folgendes:

Artikel 141. – Beim Einsenden der Umschläge an die gerichtsmedizinische Abteilung ... sendet die Staatsanwaltschaft gleichzeitig auch dem Generalstaatsanwalt ... den beigefügten Fragebogen, auf dem alle Spalten exakt auszufüllen sind:

1. Datum der Kenntnisnahme des betreffenden Falls.
2. Name, Alter, Geschlecht des Betroffenen.
3. Erfreute sich der Betroffene vor der Tat einwandfreier Gesundheit?
4. Festgestellte Symptome wie Erbrechen, Diarrhoe, Schmerzen, Durst, Kopfschmerz, Schwindel, Kräfteschwund in den Gliedmaßen, Krampf, Lethargie, Schweißausbruch, Austrocknung, Zustand der Pupillen, Puls, Atmung.
5. Klagt der Betroffene darüber, daß er nach der verdächtigen Speise einen besonderen Geschmack im Mund hatte?
6. Hat der Betroffene ein taubes Gefühl oder ein Brennen auf der Zunge oder in den Gliedern verspürt?
7. Wurde der Betroffene ohnmächtig?
8. Hat der Betroffene Muskelzucken oder Muskelkrampf verspürt?
9. Traten die Symptome plötzlich auf?
10. Hat der Betroffene schon früher ähnliche Zustände gehabt?
11. Wieviel Zeit verstrich zwischen der Aufnahme des verdächtigen Stoffes und dem Auftreten der ersten Symptome?

Bemerkung. – Alle Daten müssen eindeutig und die Stunden exakt angegeben werden, das heißt, man schreibe zum Beispiel nicht: »Am nächsten Tag, um drei Uhr« oder »am Montag«, sondern: »Die Symptome stellten sich um vier Uhr nachmittags des 16. des und des Monats und des und des Jahres ein; als erstes wurde das und das beobachtet, und zwar Punkt drei Uhr nachmittags oder morgens, usw.«

Eine wunderbare Sache! Alle diese Fragen soll man dem Opfer einer Vergiftung stellen, das nicht weiß, wo oben und wo unten ist! Und das erstaunlichste ist, daß man es dazu bewegen soll, uns Auskunft zu geben, zu welcher Stunde und

Minute – nicht etwa nur: am Montag – sich die ersten Symptome bemerkbar machten. Das arme Opfer, das unter den Entleerungen seines Leibes fast erstickte, das von Schwindel, Kräfteschwund in den Gliedmaßen, Krampf, Lethargie und so weiter und so weiter befallen ist, wie es der Fragebogen selbst einräumt, dieser Mann oder diese Frau, einfache Fellachen, die nie eine Uhr in der Tasche getragen haben, die in ihrem Leben vielleicht noch nicht einmal eine Uhr gesehen haben, sollen uns sagen, daß die ersten Symptome genau um drei Uhr und soundso viel Minuten beobachtet wurden!

Also dann auf und diese Fragen über das Haupt der vergifteten Frau ergießen! Ich wollte mich von meinem Assistenten begleiten lassen, damit er der Angelegenheit beiwohne und sein Argument in Zukunft nicht mehr stichhaltig sei. Wir waren aber noch nicht aufgebrochen, da traf ein zweiter »Telefonischer Bescheid« ein, den mir der Pförtner hereinbrachte.

»Der Tag fängt ja gut an!« rief ich. Ich las. Es war eine Benachrichtigung aus dem Emir-Krankenhaus, die den Tod Kamar ad-Daula Ulwans mitteilte. »Nun ist dieser Mann gestorben, von dem wir das Geheimnis der Untat hätten erfahren können«, sagte ich, ließ mir einen Federhalter reichen und setzte sofort unter die Meldung die in solchen Fällen üblichen Worte: »Obduktion veranlaßt!« Dem Assistenten trug ich noch auf, der Leichenöffnung beizuwohnen und mich von dem Ergebnis zu unterrichten, sobald etwas Zeit wäre. Er ging also ins Krankenhaus, und ich machte mich auf den Weg zu der Frau, die das Ölgebäck gegessen hatte.

Die Sache verlief wirklich so, wie ich es vermutet hatte. Die Frau lag im Innenhof des Hauses, von allen Nachbarinnen umringt. Diese hatten, wie mir schien, aus dem ganzen Viertel Gefäße, Kupferpfannen und Waschschüsseln herbeigeschafft, um sie der Betroffenen, die sich röchelnd auf dem Boden krümmte, unter den Mund zu stellen. Ich warf dem Protokollschreiber einen Blick zu, der ihm den Beginn der Beweisaufnahme andeuten sollte, und schritt zwischen den gefüllten Behältern hindurch auf das Opfer des Anschlages zu, an das ich die Frage richtete: »Dein Name, Alter und Geschlecht?«

Sie antwortete nicht. In ihrem bleichen, verkrampften Gesicht war nicht das geringste Anzeichen zu bemerken, daß sie mich verstanden hätte. Ich wiederholte mit lauter Stimme die Frage, aus ihrem Mund aber kam nur ein langer Seufzer und neuer Brechreiz. Einige Frauen eilten herbei, um ihr den Kopf zu stützen, und flüsterten: »Schon gut! Laß sie doch in Ruhe!«

Ihrer Logik vertrauend, antwortete ich, als spräche ich zu mir selbst: »Bei Allah, aber was soll ich tun? Das Büro des Generalstaatsanwalts wartet auf Fragebogen und Gefäß.«

Aus dem Kreis der Nachbarinnen wagte eine ganz Geschwätzige mir zu sagen: »Wollten der Herr nicht ihren Namen wissen? Sie heißt Nabawia.«

»Nabawia, und wie weiter?«

»Wir wissen nur, daß sie Nabawia heißt. In unserem Viertel sagten wir immer: 'Komm, Nabawia, geh, Nabawia!'«

Doch das genügte nicht, zur Eintragung brauchten wir unbedingt ihren ganzen Namen. Darauf bat ich die Frauen, mir behilflich zu sein, um sie vielleicht, und wenn es nur eine Minute wäre, zum Sprechen zu bringen. Von allen umringt, wurde sie hinterm Kopf gestützt, der ihr immer wieder auf die Brust fallen wollte, und man flüsterte ihr ins Ohr und bat sie inständig, Seiner Exzellenz dem Staatsanwalt doch zu antworten. Nach einer ganzen Stunde bewegte das Opfer endlich die Lippen. Die Frauen freuten sich, sie ermunterten sie und klopften ihr mit der flachen Hand auf die Schultern: »Na schon, na schon! Antworte uns Freundin!« Und ich, der ich in Schweiß gebadet dastand, beeilte mich, ihr ins Ohr zu schreien: »Deinen Namen! Deinen vollen Namen!«

Sie stöhnte, ächzte und brachte endlich mit schwacher, zitternder Stimme vor: »Ich heiße Nabawia.«

Vor Verzweiflung hätte ich mir die Kleider zerreißen können. »Nabawia – das weiß ich bereits! Gut, aber wie weiter? Wie hieß dein Vater? Ich will wissen, wie dein Vater hieß! Nabawia, und wie weiter?«

Ich hätte auch einen Leichnam ansprechen und anrufen können. Ihr Kopf war wieder vornüber auf die Brust gefallen, sie war in das völlige Schweigen von vorher versunken, das nun von kaum vernehmbaren Klagelauten unterbrochen wurde. Ich schrie die Frauen ungehalten an, und sie kamen eilig herbei, um sie wieder aufzurichten, ihr die Schläfen mit kaltem Wasser abzureiben und mit sanften Worten in sie zu dringen. So erfuhren wir endlich den ganzen Namen. Aber zehn Punkte des Fragebogens blieben noch. Und hatte es allein der Angabe des Namens wegen schon dieser Anstrengung bedurft, wie sollte es mit dem Rest werden, vor allem mit jener letzten Frage nach der »Zeit, die zwischen der Aufnahme des verdächtigen Stoffes und dem Auftreten der ersten Symptome verstrichen« war, zumal die Bemerkung noch verlangte, das Datum und die Uhrzeit exakt festzuhalten? Wie sollte die Frau, deren Name sich den zusammengepreßten Zähnen nicht eher entrang als unserer Brust vorher fast die Seele, die Stunde und die Minute, da sie die ersten Symptome wahrgenommen hatte, peinlich genau angeben? Schön wär's gewesen, doch ich war nicht verrückt genug, ihr diese Fragen auch noch zu stellen. Hatte ich nicht Augen im Kopf? Was sollten diese Frauen von meiner geistigen Verfassung halten, wenn sie sahen, daß mein einziges Verlangen darin bestand, mir von jener Frau, die da auf dem Boden hingestreckt lag, Stunde und Minute des Auftretens der Symptome nennen zu lassen und die »Zeit, die zwischen der Aufnahme des ...« und so weiter, dazu noch all die anderen gedruckten Dinge, die der Fragebogen enthielt, der in aller Stille und Gemütsruhe an den Bürotischen in der Hauptstadt verfaßt worden war, fernab von jeglichem Anblick des Erbrechens und der Diarrhoe?

Ich bedeutete dem Schreiber, daß die Protokollaufnahme beendet sei, und gab ihm zu verstehen, daß das Opfer unmöglich verhört werden könne. Wir begnügten uns, Proben des Erbrochenen und des Darminhalts mitzunehmen und dem Verdächtigen die Fingernägel und die Taschen abzuschneiden.

Dann kehrten wir zur Staatsanwaltschaft zurück, wo ich mich sogleich erschöpft in den Sessel fallen ließ. Ich schloß die Augen, öffnete sie jedoch sogleich, als ich die Stimme meines Assistenten an der Tür vernahm, der ganz bleich eintrat. Das riß mich sofort aus meiner Niedergeschlagenheit, und ich fragte ihn: »Was ist mit Ihnen los?«

»Die Leichenöffnung!«

»Ach ja! Sie sind dort gewesen? Und das Ergebnis?«

»Daß ich ...« Er setzte sich auf den nächsten Stuhl.

Ich sah ihm aufmerksam ins Gesicht und begriff alles. Diesem jungen Mann war es ebenso ergangen wie mir, als ich zum erstenmal der Öffnung eines menschlichen Körpers beigewohnt hatte. Auch ich war damals ein empfindsamer Jüngling, der gerade aus seiner Bücherwelt aufgetaucht war, die uns bekanntlich lehrt und begreiflich macht, daß der Mensch ein erhabenes Wesen sei, der Angelpunkt allen Seins, vor allen übrigen Geschöpfen, dank der Aufmerksamkeit des Schöpfers, auserwählt und bevorzugt, das leuchtende geistige Wesen, das der Auferstehung teilhaftig werde. Die meisten Leute haben nun einmal nicht die Möglichkeit, den Menschen zu betrachten, wie er innerlich beschaffen ist, doch sieht ihn einmal einer von uns so, dann verspürt er in seiner Seele eine Erschütterung, deren Deutung je nach Temperament, Charakter und Bildungsgrad des Betroffenen verschieden ist.

Ich werde jedenfalls nie den Tag vergessen, an dem ich zum ersten Mal vor der Leiche eines Mannes stand, den ein Schuß aus nächster Nähe in den Kopf getroffen hatte; die Kugel war in den Schädel eingedrungen und hatte die Decke über dem rechten Ohr aufgerissen, so daß ein Teil der Hirnmasse freilag. Der Gerichtsarzt war anwesend, und ich war mit ihm gekommen, um seinem Tun beizuwohnen.

Wir gingen von dem Feld, auf dem sich der Vorfall ereignet hatte, in das Haus des Erschossenen, eine ganz bescheidene Bauernhütte. Angehörige trugen gerade den Toten auf den Schultern – man hatte ihn in seiner gewohnten Kleidung in eine neue Decke gehüllt –, und ihn umgaben klagende und schreiende Frauen mit lehmbeschmierten Gesichtern. Mir zur Seite stand ein energischer Präfekt, der seinen Leuten sofort befahl, das Anwesen bis auf die Männer vom Dienst, den Arzt, den Sanitätsbader und ihr Hilfspersonal räumen zu lassen. Sie schleppten in den Hof des Hauses zwei große Waschtröge, auf die sie eine breite Holzbank stellten. Dort legten der Bader und seine Gehilfen den Leichnam hin und entkleideten ihn. Die Sachen waren kaum getragen; er hatte sie angezogen, um das Fest des Fastenbrechens zu feiern, und das Verbrechen war genau am letzten Tag des Fastenmonats Ramadan geschehen, als hätte es der Mörder eilig gehabt und befürchtet, das Fest könnte verstreichen und sein Gegener dann noch unter den Lebenden weilen. Sein Wunsch war es gewesen, ihm als Festtagsgeschenk jene bleierne Kugel in den Kopf zu jagen, damit die frohen Stimmen und Gesänge, die aus dem Haus himmelwärts dringen würden, in Trauer umschlügen.

Der Arzt machte sich sogleich mit seinem Skalpell am Kopf des Toten zu schaffen und diktierte seinem Schreiber: »Wir entfernen die Haut (es handelt sich natürlich um die Kopfhaut) . . .«

In diesem Augenblick schrien die Frauen auf, die, als sie hatten verschwinden müssen, auf das Hausdach und die benachbarten Gebäude gestiegen waren, alle mit Dächern aus Baumwoll- und Maisstroh. Aus dem Stimmengewirr war eine laute, leidenschaftliche, ergreifende Stimme herauszuhören, die mein Herz ergriff. »Oh, der Baum, o der, der uns Schatten spendete, o mein Vater!« Ebenso laut und erregt klang nun eine zweite Stimme voll Schluchzen und bitterem Weinen. »Oh, der du mit deiner Fastenspeise noch im Leib davongegangen bist, o mein Vater!«

Der Gerichtsarzt, der die Haut inzwischen entfernt hatte, betastete die klaffende Wunde, um Tiefe und Umfang festzustellen, und diktierte: »Die Schußwunde hat eine Länge von vier Zentimetern . . .« Dann versuchte er, das Geschoß mit dem Finger zu fassen, doch es wollte ihm nicht gelingen. Er zog also aus seiner Instrumententasche eine Säge hervor und begann den Schädel von der Stirn her aufzusägen, um die Decke abzunehmen. Das ging aber wegen der Härte des Knochens nicht, und er holte unter seinen Gerätschaften ein Hämmerchen hervor, mit dem er auf die Säge schlug, als ginge es darum, eine Sardinenbüchse zu öffnen.

Eines der alten Weiber, das dies hörte und dem Pochen und Hämmern am Kopf des Familienvaters, der Stütze des Hauses, von der Dachöffnung zusah, legte die Hand an die Wange und seufzte: »Möge Allahs Name ihn beschützen!«

Diese Worte erschütterten mich. Sie bewegten mich seltsam, weil ich sah, daß die Alte immer noch glaubte, dieser Mann würde auch weiterhin ihr Mann als Person, als Mensch sein; ich hatte das schon vor einer Weile zu bezweifeln begonnen.

Als die Schädeldecke oder Hirnschale entfernt war, zeigte sich die zarte Hülle, die unmittelbar über dem Gehirn liegt. Mit seinem Skalpell trennte sie der Arzt auf und untersuchte die Umgebung der Wunde, wobei er diktierte: »Großer Bluterguß im Hirngewebe ...« Dann begann er wieder mit dem Finger nach der Kugel zu forschen, fand sie jedoch nicht. Er suchte die ganze Seite um die Wunde herum ab, stieß aber nicht auf das Geschoß. Wohin sollte es nur sein? Es gab doch weiter keine Öffnung, aus der es hätte herausgefahren sein können. Aber der Arzt verzweifelte nicht, er erläuterte mir lächelnd, daß Geschosse zuweilen höchst seltsame Bahnen im Körper des Opfers nehmen: eine Kugel zum Beispiel, die in den Bauch eingedrungen sei, könne im Oberschenkel auftauchen.

»Das ist noch zu begreifen, aber eine Kugel, die in den Kopf geschossen wurde, kann die zum Fuß wieder hinausgehen? Das wäre der reinste Taschenspielertrick, zu dem eine Kugel vermutlich nicht imstande ist.«

Schließlich sagte der Arzt ungehalten: »Und warum sollte sie nicht? Hier ist die ganze Hirnmasse des Mannes!« Bei diesen Worten nahm er mit beiden Händen die ganze Masse aus der Hirnschale, die leer wie eine ausgewaschene Suppenschüssel zurückblieb. Dann teilte er das Gehirn in vier Teile, gab jedem seiner Gehilfen einen Teil und beauftragte sie, mit größter Sorgfalt die Kugel zu suchen. Sie hantierten mit den Fingern in jener Materie herum, der man alle edlen Eigenschaften der Menschheit zuschreibt, bis sie flüssig wie Milchreis geworden war.

»Das also ist das Hirn des Menschen!« sagte ich leise vor mich hin. Aber der Schrecken, der sich anfangs meiner bemächtigt hatte, begann allmählich zu weichen. Meine Nerven spannten sich, meine Empfindsamkeit schwand, in mir regte sich Neugierde und der Wunsch, diesen leblosen Körper vor mir geöffnet zu sehen, um zu entdecken, was er enthalte. Wir hatten schon das Gehirn betrachtet, sehen wir uns nun auch das Herz an, dann die Leber, dann die Därme! In meinen Augen hatte dieser Mann aufgehört, ein Mensch zu sein, er war nichts anderes als eine große Wanduhr, die der Länge nach dalag und die ich jetzt öffnen wollte, um ihr Triebwerk, ihre Zahnräder, ihre Rädchen und ihren Gong kennenzulernen.

Doch trotz langen Suchens konnten die Männer nichts finden – Pech, wie der Gerichtsarzt meinte. Aber wir ließen nicht ab, denn wir wollten auf alle Fälle zu einem Ergebnis kommen: dieser Mann war doch ermordet worden, die Kugel mußte unbedingt in ihm stecken.

Der Arzt ging mit Feuereifer ans Werk und drang mit dem Skalpell in den Körper ein. Ich schaute ihm über die Schulter und verfolgte alles. »Schneidet drauflos! zerlegt ihn!« sagte ich. Ein merkwürdiges Fieber hatte mich gepackt. Aller menschlichen Empfindung bar, forderte ich den Arzt auf, mir die Lungen, die Eingeweide und die Milz und so weiter zu zeigen. Und der Arzt kannte auch keine Hemmung mehr; er machte einen tiefen Schnitt von der Brust bis zum Unterleib, holte das Herz, dann die Gedärme heraus und diktierte: »Das Herz fanden wir unversehrt vor, die Eingeweide enthielten verdaute Speise ...«

Trotz allem konnten wir auf nichts stoßen. Nach einigem Überlegen erschien es uns nicht ausgeschlossen, daß die Kugel durch ihr eigenes Gewicht und die Größe der Wunde beim Aufprall des Körpers auf die Erde herausgefallen war. Wir sahen die Arbeit als beendet an und machten uns wieder auf den Weg.

Ich war erstaunt über den Wandel, der sich in meinem Innern vollzogen hatte: einst war ich so zartfühlend gewesen, und heute sah ich dem Gemetzel und der Zerstückelung nicht nur mit zu, sondern ordnete es ohne irgendwelches Entsetzen an. Und welche Enttäuschung andererseits! Ich hatte angenommen, der Mensch sei etwas mehr als das. Nein, es ist wirklich nicht gut, wenn wir in ihn hineinsehen! Den Anblick, der sich mir damals bot, werde ich nie vergessen, und sicherlich hat solch ein Schauspiel ähnliche Eindrücke auch bei meinem Assistenten hinterlassen.

Ich wollte ihn fragen, doch die Tür tat sich auf, und mein Pförtner trat mit einer »Telefonischen Benachrichtigung« ein.

»Hoffentlich eine gute Nachricht!« rief ich. Ich nahm die Botschaft entgegen und warf nur einen Blick darauf.

»Das Mädchen Rim …«, rief ich.

»Was ist los?« Mein Assistent sprang erschrocken auf.

»Ihre Leiche ist im Hauptkanal südlich des Ortes gefunden worden.«

»Aber – tot?«

»Ich sagte, ihre Leiche ist gefunden worden. Hier, lesen Sie selbst!«

Der Assistent ergriff das Blatt und las es mit eigenen Augen bis zum letzten Satz: »Vermutlich ist die Todesursache Ertränken.« Eine Weile verharrte er tief bewegt über dieser Nachricht. Ich aber war noch mehr darüber erschüttert, daß das Leben jenes schönen Wesens so schnell erloschen war.

Einen Augenblick hielt ich den Kopf gesenkt und dachte über unser Mißgeschick nach, nicht was die Arbeit betraf, auch nicht, weil Rim ein Schlüssel zur Aufklärung des Falls hätte sein können, sondern weil sie solch eine wunderbare Erscheinung gewesen war, die uns alle, Vernünftige und Verrückte, gerührt hatte: ein liebliches Geschöpf, das uns einige Augenblicke der Süße und ein paar strahlende Blicke gewährt hatte, ein laues Lüftchen, das in der trockenen Wüste unseres Gefühlslebens, mitten in diesem verlassenen Land, geweht hatte.

Schließlich raffte ich mich zusammen, hob den Kopf und streckte meinem Assistenten die Hand entgegen, um die Benachrichtigung wieder entgegenzunehmen und die üblichen Worte darunterzuschreiben: »Leichenöffnung durchführen!« Plötzlich wurde mir die fürchterliche Bedeutung dieser Worte klar, zum erstenmal fand ich sie entsetzlich. Wir zerlegten zwar schon seit langem Leichen, ich wäre vielleicht auch bereit gewesen, die Hälfte der Einwohner dieses Ortes sezieren zu lassen, doch das Mädchen ... Es war unmöglich, dieses schöne Geschöpf zu zerstückeln, um zu sehen, was in seinem Innern verborgen sei.

Mein Assistent hielt seinen Blick noch immer auf den Text geheftet. »Ich nehme an«, bemerkte er, »Sie werden sagen, ich solle der Leichenöffnung beiwohnen ...«

»Wer sonst, wenn nicht Sie?«

»Unmöglich! Ich habe von der Obduktion heute morgen schon genug. Auf keinen Fall! Soll ich den ganzen Tag mit ansehen, wie Leichen auseinandergenommen werden? Ich bin schließlich Assistent der Staatsanwaltschaft und nicht des Leichenbestatters. Und vor allem nicht dieses junge Mädchen ...«

Über seine Worte und seine Unerfahrenheit dachte ich eine Weile nach. »Sie haben recht«, sagte ich zu ihm, »besonders Rim ... Wer hätte den Mut, dabeizusein? Ich nicht, und gäbe man mir zwanzig Pfund! Da, nehmen Sie die Benachrichtigung, streichen wir das mit der Obduktion durch, soll sie beerdigt werden und aus!«

Es lag tatsächlich in unserer Hand, so zu verfahren, ohne uns einer Kritik über mangelndes Verantwortungsbewußtsein auszusetzen; denn der Arzt, der die Leiche untersucht hatte, als sie aus dem Wasser gezogen worden war, hatte ja bescheinigt, daß die Todesursache Ertränken war, er war also auf keine verdächtigen Anzeichen gestoßen, die einen gewaltsamen Tod hätten vermuten lassen. Eine Leichenöffnung in solch einem Fall anordnen wäre ungerechtfertigter

Eifer gewesen. Die Männer von Recht und Gesetz haben immer ein Mittel zur Hand, sie können ihr Tun stets auf logische und einleuchtende Weise begründen.

Ich hatte noch nicht zur Feder gegriffen, um die Anweisung ungültig zu machen, da vernahmen wir Geschrei auf der Straße. Wir traten ans Fenster und erblickten Scheich Usfur. Er kam den Weg entlanggelaufen, ohne Kopfbedeckung, ohne grüne Gerte; Kinder, Gaffer und eine Menge Fellachen folgten ihm. Und er schrie wie irre:

»Ihre Wimpern, ach, ihr Leute,
decken Wasser nun ...
Weiß war der eine, Filigran,
und ein Butt der zweite,
doch die dritte, kokette,
ertränkte er im Wasser ...«

Das wiederholte er mit einer Stimme, die bald einem Jammern, bald einem Brüllen glich und die er zuweilen mit der Gestikulation eines Predigers in der Moschee begleitete. Teils ging er, teils tanzte er hin und her, bis wir ihn aus den Augen verloren hatten. Wir verharrten am Fenster, stumm und betreten zunächst, dann faßten wir uns, nahmen wieder unsere Plätze ein und sagten, jeder wie zu sich selbst: »Der Unglückliche!«

Ich langte wieder nach der Benachrichtigung und nach der Feder, doch befielen mich Zweifel und eine gewisse Besorgnis. »Haben Sie gehört? Er ertränkte sie im Wasser? Wer soll sie ertränkt haben?«

»Unsinn eines Schwachkopfes!« rief mein Assistent. »Sollen wir ein Verfahren einleiten und uns auf die irren Reden eines Idioten von der Straße stützen? Ich halte es für das beste, wir begraben das Mädchen, und der Fall ist erledigt.«

Seine Worte zerstreuten meine Bedenken. Ich griff, innerlich bestärkt, nach dem Federhalter und wies entschlossen die Bestattung an.

»Sie haben völlig recht. Auch ich habe diesen Fall und seine Personen schon gründlich satt.«

22. Oktober

Heute bin ich spät erwacht, denn den größten Teil der Nacht habe ich über der Arbeit gesessen, um mich durch einen längst fälligen Aktenberg durchzufressen. In einer Woche beginnt nämlich das neue Gerichtsjahr. Das heißt, bei mir darf bis dahin kein einziger Fall aus dem ablaufenden Jahr ungeklärt liegenbleiben. Das heißt aber auch, ich muß die ganze Woche wie ein Gefangener sitzen, um Stapel von alten Beschwerden zu sichten, die aus meinen Schubfächern hervorquellen.

Ach, diese Beschwerden! Sie sind noch zahlreicher als die Wanzen, die scharenweise nach den feuchten, baufälligen Wänden der Staatsanwaltschaft streben. Ich bin immer geneigt, zu glauben, daß die Klagen wie ein Regenguß an Markttagen auf mein Haupt niedergehen, daß der Fellache in der Woche auf den Donnerstagsmarkt geht, nur um ein Maß Mais zu verkaufen und dafür etwas Zucker oder Tee zu erstehen, um seine Flasche mit Sesamöl zu füllen und sich von einem der öffentlichen Bittsteller eine Anzeige oder eine Eingabe gegen den Ortsschreiber, den Gemeindevorsteher oder den stellvertretenden Polizeichef schreiben zu lassen. Ja, gerade das scheint ein fester Vorsatz eines jeden zu sein, der sich auf den Markt begibt. Den Grund dafür aber kenne ich nicht. Vielleicht kommen wirklich Ungerechtigkeiten vor, vielleicht ist auch dem Fellachen im Verlauf von Jahrhunderten voller Tyrannei, die er tatsächlich ausgestanden hat, die Beschwerdekrankheit in Fleisch und Blut übergegangen. Doch welche Schuld habe ich auf mich geladen, daß ich mich durch all diesen Unsinn durchbeißen muß, den solche Schriftstücke enthalten? Offenbar sind die morgendliche Teilnahme an Gerichtssitzungen, die Strafsachen, in denen der Täter auf frischer Tat gefaßt worden ist, das nachmittägliche Registrieren von Prozeßakten über Vergehen und Verstöße und der nächtliche Aufbruch zu Verhören und Kriminalfällen kein genügendes Pensum für einen Staatsanwalt unter Fellachen. Er findet ja noch einen Augenblick, um zu atmen, mögen ihm auch Berge von unbedeutenden Papieren aus der Präfektur mit Überschriften wie »Beschwerde«, »Eingabe« und »Gesuch« die Kehle zustopfen.

Das heißt aber zugleich, daß ich, ein Mensch mit zarter Empfindung, der nicht über unerschöpfliche Kräfte verfügt, der nach einem halben Stündchen lechzt, in dem er ein schönes Buch lesen könnte, nun auch das Gezänk und die Beschimpfungen, die Sitt ad-Dar mit ihrer Nachbarin Kataif gewechselt hat, in mich aufnehmen muß, dazu die Anzeigen über verlorengegangene Ringe, die die Präfektur erhält, und die gewöhnlichen Mitteilungen über die Suche nach einem Esel, der vor der Tür abhanden gekommen ist, über die Verletzung am Fuß eines Kindes, das in eine Glasscherbe getreten ist, oder über den Ast des Maulbeerfeigenbaumes, der dem Fleischer Hagg Hibab auf den Kopf gefallen ist. Bei Allah, wie gut kann ich jenen Staatsanwalt aus Oberägypten verstehen, von dem man sich erzählt, er habe beim Überqueren des Nils in einem Boot, auf dem Weg zur Arbeit, - wobei er einen Stoß solcher Anzeigen mit sich führte, von denen er nicht wußte, wie sie zu lösen seien -, dem Bootsführer Zeichen gegeben, daß er so steuere, damit die Schriftstücke ins Wasser fielen.

Doch mein Kummer wird noch durch die Drängelei von Abd al-Maksud Efendi, des Vorstehers der Kriminalkanzlei, vermehrt, dessen Amt es ist, dem Generalstaatsanwalt und dem Justizministerium innerhalb bestimmter Fristen die Liste mit den Fällen zuzuschicken. Ich sehe diesen Kerl in meinem Büro aber nichts weiter tun als von Zimmer zu Zimmer zu gehen, stets ein Papierchen in der Hand, da etwas befehlend, dort etwas verbietend. Selbst die Kontrolle über die Durchführung der Urteilssprüche, für die er zuständig ist, hat er einem seiner Untergebenen aufgehalst. Er begnügt sich damit, zwischen Schreibern und Pförtnern herumzukrakeelen. Übrigens ist er der erste der Beamten, der sich erhebt und davongeht, auf der Nasenspitze die Goldbrille, durch die er in den Gängen der Staatsanwaltschaft unverschämte Blikke auf die vorrübergehenden Advokaten und Kläger wirft, als wolle er sie auffordern, Haltung vor ihm anzunehmen. Er kennt kein anderes Gesprächsthema als seine Beziehungen und Freundschaften zu wichtigen Staatsbeamten, wobei er sich geckenhaft ins rechte Licht setzt. Frage ich ihn aber nach seiner Arbeit, so ist seine Antwort stets: »Ich bin, Allah sei Dank, ein Mensch, der kaum zu Hochmut und Anmaßung geschaffen ist.« Danach habe ich ihn überhaupt nicht gefragt. Nie! Mir scheint, gewisse Leute bezichtigen sich bei ihrer Verteidigung auf die offenkundigste Weise einer Schuld. Vielleicht ist tief in den Worten eines jeden Angeklagten ein Hinweis auf sein Vergehen zu finden, so wie im Blut des Kranken die Keime des Verfalls verborgen sind.

Doch was half es, schließlich mußte ich mich an diese qualvolle Arbeit machen, um das Gerichtsjahr mit Erfolg abzuschließen. Ich befahl, die Türen zu verriegeln, damit ich mit den Aktenstößen, die sich rechts und links von mir türmten, allein bleiben konnte, und ging ans Werk, wobei ich mir sagte: Trag immer ab vom Berge, und du wirst ihn sich neigen sehen! So hat es wohl auch jener gemeint, der diesen Kehrreim einst erfand, wobei »Berg« allerdings Gold und Geld bedeuten sollte, während die Eingaben hier einen Berg bilden, der unaufhörlich wächst, der nie weniger werden will. Ach, wird es dem Menschen, solange er diese Welt bewohnt, je an Grund zur Klage fehlen?

Meine Arbeit nahm mich so in Anspruch, daß ich nicht einmal das leichte Klopfen an der Tür hörte. Plötzlich erblickte ich mitten im Zimmer einen elegant gekleideten Herrn, der mir zulächelte und dem ein Bürodiener folgte, der zwei Ledertaschen trug. Welche Überraschung! Mein Kollege, der Staatsanwalt aus Tanta! Wozu war er gekommen, was enthielten diese Taschen? Doch mein Kollege ließ mir keine Zeit zum Fragen. Er bedeutete dem Diener, die Taschen auf den Boden zu stellen und sich zurückzuziehen, und sobald wir allein waren, kniete er vor mir nieder und sagte mit theatralischer Gebärde: »Ich bin vom Himmel gefallen, und du hast mir Schutz angedeihen lassen!«

Ich mußte zuerst auf meine zerbrechlichen Finger blicken und dann auf seine Leibesfülle. »Wieso Schutz angedeihen lassen, du bist doch heil und gesund herabgekommen?«

»Hör zu, es ist eine ernsthafte Angelegenheit! Du bist unter uns allen als tatkräftiger und mutiger Mann berühmt...«

Jetzt horchte ich allerdings auf. Mir war klar, dieser Kollege hatte bestimmt nicht seinen Posten in diesem kritischen Augenblick während des Festes des Said al-Badawi verlassen, zu dem Fremde in der Stadt zusammenströmen und bei dem sich die Geschehnisse und die Vorfälle häufen, die Feste und Menschenansammlungen zu begleiten pflegen. Auch war er gewiß nicht zu mir gekommen, um an meine Tatkraft und an meinen Mut zu appellieren, ihm mußte vielmehr an Hilfe in einer wichtigen Sache gelegen sein.

Gewiß, ich war beunruhigt, und um mich zu beruhigen, um sogleich zu erfahren, was er von mir wolle, sagte ich einladend: »Ich stehe dir zu Diensten.«

Kaum hatte er diese verheißungsvollen Worte gehört, stürzte er auf mich zu, küßte mir die Stirn und beteuerte im Ton zudringlicher Bettler: »Allah schütze dich, erhalte dich und schenke dir langes Leben!« Dann ließ er von mir ab und trat schnell auf seine Taschen zu, wobei er mich fragte: »Du gestattest?«

Insgeheim mußte ich sein Feingefühl und die Beachtung des Anstandes beim Besuch loben. »Bei Allah«, murmelte ich, »es war doch nicht nötig, solche Umstände zu machen und Geschenke mitzuschleppen.«

Schon hatte er eine Ledertasche geöffnet, und während ich geglaubt hatte, sie würde zumindest ein paar Kichererbsen des Said al-Badawi und andere Süßigkeiten von seinem Fest enthalten, zog er Haufen von Beschwerden und Eingaben hervor, die er auf meinem Tisch stapelte. Dabei sagte er demutsvoll: »Unser Geschenk ist nach unserem Vermögen.«

Mit Entsetzen starrte ich auf die Papiere. »Ich suche Zuflucht bei Allah!« stammelte ich.

Doch mein Gast holte Packen um Packen hervor und beteuerte: »Möge der Prophet das Geschenk annehmen!«

Mir verschlug es die Sprache. Was sollte ich einem Menschen antworten, der Fronarbeit fortwährend Geschenk zu nennen beliebte? Im Stillen verwünschte ich das Gerede von der Staatsanwaltschaft, die ein Ganzes bilden soll, einen Grundsatz, den wir alle befolgen sollten, eine Bestimmung, die bei allen Mitgliedern gegenseitiges Vertrauen voraussetzt und den Staatsanwalt in Assuan berechtigt, seine Fälle an den Staatsanwalt in Alexandria zu schicken, dessen Eingreifen aus etwaigen räumlichen und zeitlichen Gründen beileibe nicht hinfällig würde. Ich fluchte meinem Gast, ich fluchte mir und meinem Mißgeschick, unter den Kollegen den Ruf eines der Geschicktesten und der Schnellsten, vor allem in der Erledigung solcher Eingaben an die Verwaltung, zu genießen.

Viele meiner Staatsanwaltschaftsfreunde haben in der Tat die Kunde in Umlauf gesetzt, daß ich über eine besondere Art, Beschwerden zu lesen, verfüge, daß ich sie nämlich von hinten, nicht von vorn anpacke. Und so ist es auch. Ich bin doch nicht so töricht, diese Blätter von Anfang an zu studieren, wie es sorgfältige Leute tun. Täte ich es, käme ich nie zu Rande. Ich übergehe die Einleitungen wie »O Hort der Gerechtigkeit, Stütze des Rechts, Sieger über die Herrschaft des Unrechts, Vernichter ...« (und so weiter) und richte mein Augenmerk auf die letzte Zeile, die gewöhnlich den Kern der Sache enthält. Übrigens ist dieser Kern nur in wenigen Fällen zu finden. Gewöhnlich gleitet meine Schreibfeder, tilgend oder die Aufbewahrung unter den Akten anordnend, mit einer Schnelligkeit, in einem Fluß und voller Entschiedenheit, worum mich meine Kollegen beneiden, die verzweifelt im Meer dieses Elends versinken.

Heute war ich jedoch bei weitem nicht jener, von dem die Kunde ging, ich selbst bedurfte der Hilfe, und dieser Gast war über mich gekommen wie eine Plage, die einem zur Bedrängnis gesandt wird. Ich konnte mich nicht mehr beherrschen, ich runzelte die Stirn beim Anblick der Gesuche, die aus beiden Taschen hervorquollen, und mit beißendem Spott entfuhr es mir: »Na schön, na schön, diese festlichen Kichererbsen! Das erfreut doch wenigstens das Herz!«

Mein Gast, der sich die Hände abstaubte, als er den letzten Stoß herausgezogen hatte, brachte zu seiner Entschuldigung vor: »Es war mir ein Verlangen, dir ein paar Süßigkeiten zu bringen ...«

»Dieser Art?« unterbrach ich ihn entsetzt.

»Bei Allah«, fuhr er lächelnd fort, »das ist mir im letzten Augenblick so eingefallen!«

»Allah sei Dank, sie sind wohlbehalten angekommen!«

Mein geehrter Kollege lachte. Der Kaffee kam, und wir tranken frohen Herzens. Dann erhob er sich, machte ein paar Schritte durch den Raum, trat ans Fenster, wie er es immer tat - ich kannte seine Gewohnheit genau -, ließ den Blick über die wenigen Häuser in der Runde schweifen und zwinkerte mir zu. »In dem Haus dort ist ein süßes Kind.«

Ich zog ihn schnell am Ärmel fort. »Ich habe geglaubt, du seiest schon gesetzt und würdest solch dummes Zeug nicht mehr reden.«

Doch er, der sich mitten im Zimmer in einen Sessel fallen ließ, entgegnete lächelnd: »Wieso nicht mehr reden? Mir steckt der Witz im Blut.« Und er erinnerte mich an jene Zeit in Deirut, als wir in der dortigen Staatsanwaltschaft beschäftigt waren. Er bat um eine Zigarette und steckte sie sich sogleich an. »Weißt du noch, als wir in Deirut arbeiteten, da standen wir immer an den Fenstern, um unser Auge an spitzenbesetzten Damenhemden auf den Dächern zu weiden, nur damit wir die Gewißheit hätten, daß in jenem Ort auch das weibliche Geschlecht vorhanden sei.«

Dieser Ort liegt wirklich am Rande der ungebändigten, unwirtlichen Natur; die ganze Gegend südlich von Kairo hat für uns, die wir aus dem Deltagebiet stammen, etwas Furchterregendes. Dort ist die Frau ein Phantom, das nicht zu sehen ist, ja das man nicht sehen darf, ein ungeschlachtes Geschöpf, das sich vom Mann nicht unterscheidet. Denn beiden ist nichts Feines eigen, beide sind an Körper, Charakter und Seele wie jene schwarze Erde, auf der sie leben und von der sich der Nil zur Zeit des tiefsten Wasserstandes zurückzieht. Es sind Menschenwesen, die jenes Stoffes zu entbehren scheinen, auf dem das Geheimnis der menschlichen Besonderheit gegenüber anderen Lebensformen beruht.

Er blies den Rauch durch Mund und Nase und fuhr fort: »Allahs Fluch über jenes Nest! Laßt uns wetten – würde man die Schädel der Einwohner von Deirut untersuchen, man fände neun Zehntel mit Brüchen, die sie von den Knüppelhieben davongetragen haben.«

Ich pflichtete ihm kopfnickend bei. »Und Abnub?« fragte ich.

»Sei auch verflucht!« Er unterstrich das mit solch einer nachdrücklichen Handbewegung, daß ich lachen mußte.

Ich erinnerte mich an etwas, was ich über diesen Ort gelesen hatte. In einer Weltstatistik über Kriminalität, in Europa oder Amerika veröffentlicht (ich kann mich nicht mehr genau entsinnen), wurde festgestellt, daß die beiden Städte mit der größten Anzahl von Verbrechen Chikago und danach gleich Abnub seien, dem die anderen berühmten Städte aus aller Welt folgten. Ich hätte meinen können, dieses Abnub läge irgendwo in Amerika, wenn mich nicht eine Fußnote der Statistik belehrt hätte, daß es in Oberägypten zu finden sei. Ich war natürlich überrascht, daß dieser kleine Ort solch einen hervorragenden Platz unter den bekanntesten Städten der Erde einnahm, wenn auch nur im Bereich des Verbrechens. Chikago und Abnub – die beiden Pole der niedrigsten Triebe: das eine unter dem Gesichtspunkt von Verbrechen der Zivilisation, das andere hinsichtlich der Verbrechen aus Rückständigkeit. Jede Kategorie hat ihr besonderes Gepräge und ihre Eigenarten. Dort geht das Verbrechen der Zivilisation in zivilisierter Kleidung einher und bedient sich der Waffen, der Geschmacksrichtungen und der Gegenstände der Zivilisation, es fährt im pistolen-, maschinengewehr- und handgranatenbestückten Panzerwagen, um die imposantesten Bankenfestungen zu stürmen und sich mit Riesenbündeln von Banknoten in seine Zufluchtsstätte zurückzuziehen; hier kleidet sich das primitive Verbrechen in seinen Umhang, es trägt seinen Knüppel, sein Beil oder seine Flinte, um das Blut eines Armen zu vergießen und eine Ehre zu rächen, die nach dem Urteil alter Überlieferungen und Gebräuche angetastet wurde. Dort Reichtum und Geld, Überlieferungen und Gebräuche hier! Das ist der Unterschied zwischen Zivilisation und Rückständigkeit, zwischen dem, was den Geist des Zivilisierten und den des Rückständigen bewegt. Böses bleibt immer Böses, doch Böses, das Großem entwächst, verdient eher die Aufmerksamkeit als das Böse, das dem Kleinen und Häßlichen entspringt. Die große Zivilisation kann sich des Übels weder erwehren noch entledigen; sie ist es im Gegenteil, aus deren Gebärmutter das ganz große Verbrechen entspringt.

Mein Kollege starrte vor sich auf den Boden.

»Mir ist's zum Sterben«, sagte ich, zu ihm gewandt. »Ich habe es satt, das Land! Ich habe es satt, diese Menschen in Filzmützen zu sehen!«

»Niemand hindert dich daran, es satt zu haben!«

»Mir fehlt Kairo! Ich habe schon ganz vergessen, wie die Hauptstadt meines Landes aussieht. Meine Herren, ich möchte die Verbrechensklasse wechseln, es mit Verbrechen in Hose und Jackett zu tun haben!«

»Im November sind ja die Versetzungen.«

»Ich glaube, ich bin jetzt an der Reihe und komme nach Kairo.«

»Die Versetzung nach Kairo hat nichts mit der Reihe zu tun, mein Freund. Hast du dort Beziehungen?«

»Nein.«

»Dann kannst du auf dem Lande leben und sterben.«

»Aber soll es denn unseren Kollegen, die in Kairo glücklich und zufrieden sind, immer so gut ergehen, Jahr für Jahr?«

»Die werden auch versetzt, aber nach der bewußten Art und dem allbekannten Verfahren. Den Staatsanwalt aus al-

Muski versetzt man nach al-Isbekia, den aus Schubra nach al-Chalifa, den aus der Staatsanwaltschaft Saida Seinab in die Generalstaatsanwaltschaft von Kairo – Versetzungen mit der nötigen Vorsicht, damit man nicht aus dem Paradies muß, der Hauptstadt. Und auch diese Herrschaften siehst du nicht zufrieden, denn dieser wird dir sagen: Nach Schubra soll ich? Das ist ja endlos weit von meiner Wohnung in Samalek!, und jener wird lamentieren: Wie kann ich nach Saida gehen? Das ist doch so ein demokoratisches Viertel! – Aber Euer Gnaden und ich – du kannst, so Allah will, von hier nach al-Faschn kommen, da gibt's keine Einwände, und ich von Tanta nach Tima oder Manfalut, ohne daß sie mit der Wimper zucken. Tut aber einer von uns nur den Schnabel auf, um sich zu beschweren oder zu protestieren, dann bellt man uns gleich an: 'Was den Angehörigen der Staatsanwaltschaft eigentlich einfällt! Bitte, geht in eure Büros, und Ruhe!'«

Ich schwieg lange. Mich beschäftigte das alles, es stimmte mich traurig. Ich fand weiter keine Lösung, als mich zu fassen, um dem ganzen Elend nicht noch meinen Jammer hinzuzufügen. »Unsere Sache in Allahs Hände!« seufzte ich. »Er ist unser Gebieter! Diese Dinge nehmen einem nur noch die Lust zur Arbeit ...« Dabei schaute ich auf die Papierberge, die unbedingt erledigt werden mußten, und ich fühlte, wie sehr mein Arbeitseifer nachgelassen hatte.

»Arbeit«, antwortete mein Freund, »das ist doch das letzte, worum sich unsere Herren, die hohen Chefs, kümmern. Erst kommt die Protektion, dann die dienstlichen Belange. Ob sich der Geist Euer Gnaden der Arbeit verschlossen zeigt oder ihr offensteht, ist eine völlig sinnlose Frage, die unsere hohen Herren aber auch gar nicht bewegt.«

Mein Kollege sah auf die Uhr, erhob sich hastig und bat, gehen zu dürfen. Ich wollte ihn zurückhalten, da ich nun traurig gestimmt war und in seiner Gesellschaft und beim Austausch gemeinsamer Erinnerungen Ablenkung und Trost zu finden glaubte.

»Bleib doch noch, wir essen heute zusammen!«

»Unmöglich! Ich habe keinen in der Staatsanwaltschaft, und jetzt ist das Fest. Ich hoffe, du entschuldigst...« Er dankte, reichte mir die Hand und verabschiedete sich schnell, wobei er auf die Stapel von Eingaben wies, die er mitgebracht hatte, und zu mir sagte: »Es steht bei Allah, ob sich deine Seele für diese papierenen Geschenke erschließen kann, Süßigkeiten bekommst du das nächste Mal, wirklich, Süßigkeiten: Törtchen mit Kichererbsen und Sesam, mit Nüssen, Mandeln und Pistazien ...«

»Na schön, geh, du machst mir nur den Mund wäßrig!«

Ich begleitete ihn lächelnd bis an die Tür meines Amtszimmers und blickte ihm noch nach, bis ich ihn aus den Augen verloren hatte. Dann kehrte ich wieder an meine Arbeit zurück, nicht ohne ein gewisses Gefühl der Niedergeschlagenheit, Unlust und Trauer. Ich warf wieder einen Blick auf die Beschwerden, und mir schien, ich müßte weiter arbeiten, ohne die Zeit mit nutzloser Unzufriedenheit zu vertun, von der niemand etwas erfahren noch sehen würde außer diesen vier Wänden, die mich und meine Seufzer einschlossen. Ich griff also nach der Feder, packte ein Bündel vom Haufen, öffnete es und las: »O Hort der Gerechtigkeit...« Ich konnte ein bitteres Lachen nicht unterdrücken. Ich, ein Hort der Gerechtigkeit? Wo ist denn die Gerechtigkeit? Ich kenne sie nicht, ich habe sie nie gesehen, keiner hat sie mir je gezeigt. Man ersucht mich, Einsicht in die Beschwerden der Leute zu nehmen, doch man geruht nicht, meine und die von hundert meiner Kollegen zur Kenntnis zu nehmen ... Ich schrieb auf die Papiere in großer Schrift: »Zu den Akten!«

Dann trat Abd al-Maksud Efendi mit umfangreichen Vorgängen ein.

»Was ist denn das noch?« fragte ich bestürzt.

»Strafakten, die noch abgesandt werden müssen.« Und er drehte sich um und rief dem Bürodiener zu: »Bursche, bring die Akten!« Dann wandte er sich wieder mir zu. »Und was wollen wir mit den unerledigten machen?«

Ich legte vor mich ein Bündel hin, auf dessen Umschlag zu lesen stand: »Prozeß Kamar ad-Daula Ulwan.« Ich erinnerte mich, daß in diesem Fall der Schuldige unbekannt geblieben war. Unbekannt, natürlich, man kennt ihn nicht und wird ihn auch nie kennen! Wie kann man auch von uns verlangen, in einem so undurchsichtigen Fall den Verbrecher zu ermitteln, wenn sich Präfekt und Polizei ohne Rücksicht in die Wahlen stürzen und ich in Beschwerden, Vergehen, Verstößen, Verhören und Gerichtsverhandlungen untergehe? Wenn ich, wie es die neue Amtsordnung vorsieht, wenigstens über eine geheime Polizei verfügte oder wenn sich der Vernehmungsrichter ausschließlich auf Kriminalfälle beschränkte, wie man es von Europa und der ganzen zivilisierten Welt kennt ... Dort wacht man ernsthaft über das Wohl der menschlichen Seelen, während es hierzulande doch niemand ernst nimmt. Hier wird das Geld für Nichtigkeiten vergeudet; handelt es sich aber darum, die Gerechtigkeit unter uns einzuführen oder die Lage des Volkes zu bessern, dann ist nur selten und nur spärlich Geld dazu da, und einige zittrige Hände stürzen sich darauf, als würden Atome in einen Ozean gestreut. Gerechtigkeit, Volk und so weiter und so weiter sind Wörter, die bei der Mentalität in diesem Land gar nichts aussagen, wie so viele andere Ergüsse und hohle Phrasen, die zu nichts weiter nütze sind, als in Blättern gedruckt oder in Reden eingeflochten zu werden, ohne daß man ihre wirkliche Berechtigung erkennt. Wie kann man also von mir verlangen, daß ich die Seele eines Sir Kamar ad-Daula Ulwan ernst nehme? Dieses arme Opfer ist gestorben, es ist vergangen wie hundert andere in diesem Kreis, wie in all den übrigen Kreisen des Landes. Ihrer aller Blut floß viel billiger als die Tinte, mit der man die Berichte ihrer Fälle geschrieben hat. »Offiziell« erlischt bei uns ihr Andenken mit dieser letzten, ganz schlichten Eintragung: »Zu den Akten! Täter unbekannt! Gleichzeitig Benachrichtigung der Präfektur mit der Maßgabe, die Nachforschungen und Ermittlungen fortzusetzen!«, worauf die Präfektur mit jenem allbekannten stereotypen Satz antwortet, den der Sekretär des Büros mechanisch beim Rübenknabbern schreibt: »Nachforschungen und Ermittlungen werden fortgesetzt!« Das sind die Abschiedsworte, mit denen das Verfahren endgültig begraben wird.

Im Fall des Kamar ad-Daula Ulwan hatte ein strahlender Mond geleuchtet, der diesen Prozeß in unseren Augen von den übrigen scheinbar unterschieden ließ und dem wir uns mit Eifer und all unserem Bemühen gewidmet hatten; doch dieser Mond hatte sich für immer verhüllt und Untersuchung und Untersucher im Dunkel zurückgelassen. Ja, als er verschwand, schwand auch unser besonderer Fleiß, und der Fall wurde einer von Hunderten, deren Personen uns nicht im geringsten kümmern.

Der juristische Fall, das heißt das aus beschriebenen Blättern zusammengeheftete Bündel Unterlagen, führt in den Augen der Männer des Rechts ein unabhängiges Dasein. Denn es ist dieses Bündel und seine schnelle Erledigung, die uns vor allem interessiern. Niemand rechnet es uns als Fehler an, wenn wir es zu den Akten nehmen; hingegen wird es uns als schwerer Fehler vorgehalten, wenn die Untersuchung in der Schwebe bleibt und somit auf die Liste gesetzt werden muß, die Ende des Jahres dem Generalstaatsanwalt und dem Ministerium eingereicht wird. Welche Schmähungen und Vorwürfe wegen Säumigkeit im Amt muß dann der Staatsanwalt über sich ergehen lassen! Welche ermunternden Briefe schießen von allen Seiten auf ihn nieder, nur weil so ein verwünschter Untersuchungsprozeß unerledigt bleiben mußte! Auch wenn er antwortet, die eingeleiteten Untersuchungen seien noch nicht abgeschlossen, sie hätten bisher nicht zur Ermittlung des Täters geführt und die Arbeit in dieser Sache werde fortgesetzt, wird ihm dies nicht als Entschuldigung angerechnet; seine Kollegen halten ihn für einen Einfaltspinsel, sehen in ihm einen Nichtskönner und raten ihm, den Fall rechtzeitig zu den Akten zu nehmen, damit er als erledigt zu betrachten sei. In den oberen Sphären sind nämlich nur jene Fälle interessant und beruhigend, die sich erledigen, die aus dem Wege geräumt werden, die irgendwie, durch irgendein Vorgehen verschwinden, damit die besagten Sphären in ihren Statistiken festhalten können: »Dieses Jahr ereigneten sich in unserem Land soundso viele Kriminalfälle, von denen soundso viele geklärt wurden...« und so weiter. Je größer die Zahl der endgültig abgeschlossenen Fälle ist, um so übezeugender ist der Beweis der Rührigkeit und des Eifers, die die Männer auf die Aufrechterhaltung der öffentlichen Sicherheit und auf einen guten Ablauf des Regierungsmechanismus verwenden.

Abd al-Maksud Efendi wies auf die Bündel. »Exzellenz, erledigen wir doch vor allem die schwebenden Kriminalfälle, damit ich die Aufstellung über diese Fälle abschließen und sie dem Pascha und dem Ministerium schicken kann.«

»Nur das? Also los!« Ich tauchte die Feder ins Tintenfaß und ergriff die erste Akte, die Akte des Kamar ad-Daula.

»Die hier? Da hast du sie!« Und ich schrieb auf die letzte Seite die bekannte Bemerkung: »Zu den Akten! Täter unbekannt!...« und so weiter und so weiter. Dann langte ich nach den übrigen Prozessen und verfuhr mit ihnen ebenso, um sie dem Vorsteher der Kriminalkanzlei übergeben zu können, wobei ich, ohne daß es meine Absicht war, in einem Ton, der ironisch und bitter klang, bemerkte: »Zufrieden? So, und nun Schluß! Jetzt kann die Aufstellung der Fälle abgeschlossen werden!«

ARNOLD HOTTINGER

Nachwort

Taufiq al-Hakim, am 9. Oktober 1948 in Alexandria geboren, gilt heute als der große alte Mann der ägyptischen Literatur. Er hat ein langes Leben der Kunst gewidmet. Die Liste seiner Veröffentlichungen von den dreißiger Jahren an bis heute umfaßt über 50 Bücher; die meisten und mit die berühmtesten sind Theaterstücke. Doch gibt es auch von allen gebildeten Ägyptern gelesene Romane, Essays, autobiographische Darstellungen. Taufiq al-Hakim ist in seiner Heimat berühmt, seit sein philosophisches und symbolisches Theaterstück *Die Leute aus der Höhle* (1933) veröffentlicht wurde, das auf der koranischen Legende der sieben Schläfer von Ephesus aufgebaut ist und die Relevanz des Zeitfaktors für ein Land mit der überwältigenden Vergangenheit Ägyptens zu erfassen sucht.

Der ebenso berühmte, weitgehend autobiographische Roman *Rückkehr der Seele* aus dem Jahr 1933, in dem sich Liebe und Vaterlandsliebe vermischen und ablösen, gehört zu den immer wieder als literarisches Grunderlebnis bezeichneten Lektüren ganzer Generationen von jungen Ägyptern. Er hat eine Art Fortsetzung in dem in Paris spielenden »Bildungsroman« gefunden, dessen Titel *Vogel aus dem Osten* (1937) lautet. Man kann sagen, daß das hier vorliegende Werk ein drittes Glied in der Kette der autobiographischen Schriften al-Hakims darstellt, die aus den dreißiger Jahren stammen. Das Tagebuch eines *Staatsanwaltes unter Fellachen*, das heißt eines ägyptischen Landrichters (1937) beruht auf der persönlichen Erfahrung al-Hakims als Stellvertretender Staatsanwalt in der unterägyptischen Provinz. Der Romanschriftsteller und Dramatiker hatte die Rechte studiert, in Kairo und dann in Paris. Anschließend wirkte er vier Jahre lang, 1930 bis 1934, im staatlichen Rechtsdienst seines Landes. Doch im Gegensatz zu den beiden früheren Romanen, die sich durch Introspektion auszeichnen, handelt es sich hier um ein Werk, das nach außen blickt und eine äußere Wirklichkeit zu erfassen sucht. Das Leben der ägyptischen Bauern vom Delta in seinen oft absurden Zusammenstößen mit einem »verwestlichten« staatlichen Rechtswesen, das ihrer Lebensweise und Gesellschaftsform wenig angepaßt ist, bildet seinen Hauptgegenstand.

Nach den Erfahrungen, die sich in diesem Buche widerspiegeln, hat al-Hakim das Rechtswesen aufgegeben und sich als Einunddreißigjähriger ganz der Literatur gewidmet. Er hat zwar verschiedene Regierungsämter besetzt, war Direktor der Nationalbibliothek in Kairo und auch permanenter Vertreter seines Landes bei der UNESCO in Paris, doch im wesentlichen hat er sich selbst stets als Dramatiker und Schriftsteller verstanden und wird von seinen Landesleuten als solcher gesehen.

Paris ist das große kulturelle Erlebnis seiner jungen Mannesjahre gewesen. Er hat sich dort offiziell als fortgeschrittener Student der Rechte von 1925 bis 1928 aufgehalten und gewaltig gelesen, europäische Musik gehört und schätzen gelernt, Umgang mit Dichtern und Literaten getrieben, sich vollgesaugt mit französischer literarischer Bildung und Rationalität. Seine Grundkonzeption dessen, was Dichtung bedeutet, was Sinn und Zweck eines modernen Dramas sein sollen, hat er vom französischen Symbolismus hergeleitet und auf die Klassik Frankreichs und der Antike gegründet.

Doch vor diesem Pariser literarischen Bildungserlebnis liegt die ägyptische Vorgeschichte, wie sie der Dramatiker selbst in seinen autobiographischen Werken beschreibt: das Elternhaus auf dem Lande, sein Vater war ein wohlhabender Landbesitzer von Damanhur im Delta und seine Mutter gehörte zur türkischen Aristokratie des damaligen Ägypten; die Schulzeit bei Verwandten in Kairo, die »Revolution« von 1919, die sich gegen die britische Besatzungsmacht richtete und diese einige Tage lang ins Wanken gebracht hatte. Al-

Hakim war als junger Mittelschüler in Kairo an ihr beteiligt, und sein erstes Drama, das er 1919 verfaßte, hieß *Der uneingeladene Gast.* Es beschäftigte sich mit der britischen Besetzung und ist nie veröffentlicht worden; heute soll es verschollen sein.

Das Theater hatte es schon dem Schüler al-Hakim angetan, der vom Land her zu Verwandten nach Kairo gezogen war, um dort die Sekundarschule zu besuchen. Es gab damals in Kairo Schauspieler von Format, die ihre eigenen dramatischen Truppen aufstellten. Das Kino befand sich erst in seinen Anfängen. Zu den wichtigsten dieser Theatergruppen gehörte die Gesellschaft von Georges Abiad, die sich auf die großen Tragödien der Weltliteratur spezialisierte. Abiad selbst war ein tragischer Darsteller. Al-Hakim hat bei ihm seine erste Bekanntschaft mit der dramatischen Literatur des Westens gemacht. Wann immer der Schüler über fünf Piaster verfügte, so schreibt er, habe er sich auf den obersten Plätzen jenes Theaters befunden. Nachher sei er zu Fuß durch die halbe Stadt nach Hause zurückgekehrt. Die Autobiographie, die den Titel *Gefängnis des Lebens* (1964) trägt, wird auf weite Strecken eine Geschichte des ägyptischen Theaters und Schauspiels aus der Zeit vor der Überhandnahme des Films.

Der Aufenthalt in Paris und die Bekanntschaft mit der Weltliteratur, der damals modernen wie der klassischen, die er vermittelte, muß vor diesem Hintergrund verstanden werden. Die Vertrautheit mit dem ägyptischen Theater und die Liebe zu ihm, die durch lange Jahre hindurch schon im voraus bestanden, wurden vertieft, und der Durchbruch zur eigentlichen Kreativität kam vermutlich dadurch zustande, daß der Verfasser begann, nach einem tieferen Inhalt, in Symbolen zum Ausdruck gebracht, für seine Stücke zu suchen. Die Frage der Sprache ist sehr eng mit diesem Durchbruch zu einem Theater eigener Art verbunden. Al-Hakim hat die klassische arabische Hochsprache gewählt. Andere dramatische Autoren haben versucht, sich der gesprochenen Sprache Ägyptens anzunähern, um ihre Personen »natürlich« reden zu lassen. Die Unterschiede zwischen der fast nur geschriebenen Hochsprache und dem stets nur gesprochenen Volksdialekt sind beinahe so groß wie jene zwischen Lateinisch und Italienisch. Die Gefahr einer hochsprachigen Bühne besteht darin, daß die Personen eine gestelzte und »künstliche« Sprache reden. Al-Hakim hat es vermocht, dieser Gefahr auf zwei Wegen auszuweichen: durch den Inhalt und den Stil. In bezug auf den Stil hat er ein Hocharabisch geschrieben und entwickelt, das eine Einfachheit und Gelenkigkeit erlangte, frei von jeder Rhetorik, wie man es bisher nicht gekannt hatte und das so auf der Bühne den Eindruck einer lebendigen Handlung heraufbeschwor, obgleich an der sprachlichen Disziplin des klassischen Schriftarabisch festgehalten wurde. Was den Stoff angeht, so hat al-Hakim relativ abstrakte Themen und Gegenstände gewählt, bei denen das philosophisch-denkerische Gerüst stets sichtbar bleibt und durchscheint, symbolhafte Vorgänge, nicht Tagesdramen, erscheinen in seinen wichtigsten Stücken. Die halbabstrahierende Bühnenwelt, die Ideen vermittelt, während sie Geschichten erzählt, eignet sich für die klassische Sprache, weil sie bewußt um einen bedeutenden Schritt vom täglichen Leben entfernt auf der Ebene der Darstellung von Gedanken und Erfahrungen, die das Spiel illustriert, auf die Bühne tritt.

Taufiq al-Hakim hat durch diesen eigenen Stil, der in der Sprache und in der Wahl und Behandlung des Stoffes liegt, das ägyptische Theater erst eigentlich literaturfähig gemacht; es ist durch ihn Bestandteil der ägyptischen und damit der arabischen Literatur geworden, wo es früher eher Anpassung europäischer Vorbilder und Textentwurf eines unterhaltenden – und oft durch die eingestreuten Lieder anziehenden – Unterhaltungsspieles gewesen war. Man muß bei alledem im Auge behalten, daß die klassische arabische Literatur die Gattung des Dramas nicht kennt.

Al-Hakim, den man heute in den ägyptischen Zeitungen gerne als »al-Ustadh al-kabir« anspricht, was etwa »der große Meister« bedeutet, verdankt in erster Linie diesem Aspekt seines Lebenswerkes seinen Ruhm in der arabischen Welt und seinen schon heute in der arabischen Literaturgeschichte feststehenden Rang. Er ist vor allem anderen der Meister geworden, der aus dem arabischen Theater »Literatur« im Sinne der Araber, das heißt »Kunst«, genauer noch »Kunst des Wortes«, zu machen vermochte. Dabei ist der Ideen- und Einfallsreichtum des Dramatikers, der über die Jahrzehnte hinweg Dutzende von Stücken voller symbolischer und gedanklicher Tiefe geschaffen hat, bewundernswert. Er hat, zusammen mit einer neuen, in ihrer Lebendigkeit und Gegenständlichkeit noch nie dagewesenen klassischen Sprachfassung, stets neue schöpferische Ideen und Stoffe auf die Bühne gebracht, die von seinem künstlerischen Einfallsreichtum zeugen.

Oft geht es dabei um Ägypten und das besondere Geschick des Landes und seiner Menschen. Jedoch meist auf der Ebene der Abstraktion und denkerischen Distanz, die dem Dramatiker zur Zeit des offiziell blühenden »sozialistischen Realismus« in Nassers Ägypten gelegentlich den Vorwurf eingetragen haben, er verweile in seinem »elfenbeinernen Turm« und weigere sich in das Getümmel des ägyptischen Lebens der Gegenwart hinabzusteigen. Ironisierend hat er selbst einer Sammlung von Betrachtungen den Titel *Vom Elfenbeinturm aus* ... (1941) gegeben, und seine Distanz hat ihm die Reputation eingetragen, er habe sich von der Politik stets fern zu halten vermocht. Dies wäre in einem Land, das solch heftige politische Umstürze und Änderungen durchgemacht hat wie Ägypten in der Tat eine Seltenheit, umsomehr als die meisten Dichter und Schriftsteller eng mit den Tageszeitungen zusammenarbeiten und mit ihnen und ihren Geschicken verbunden sind. Dies geht kaum anders, weil die Tageszeitungen in einem armen Lande den weitaus wichtigsten Lesestoff bilden, der die Allgemeinheit berührt. Bücher zählen eigentlich nur für eine ganz kleine Elite, die sie sich zu leisten vermag.

Bei genauerem Zuschauen ist freilich auch al-Hakim in das politische Leben seines Landes tief einbezogen und wird von ihm betroffen. Davon zeugen nicht nur eine lange Reihe von politischen Büchern und Essays sowie von kulturpolitischen

Schriften, sondern auch eine eigentliche politische Polemik, die Ägypten am Ende der Nasserjahre erschüttert hat. Al-Hakim richtete im April 1970 einen persönlichen Brief an Staatspräsident Nasser, in dem er ihn darauf aufmerksam machte, daß das Land das Vertrauen in die verstaatlichten Zeitungen und Nachrichtenmedien verloren habe. Die Niederlage von 1967 war vorausgegangen. Der Dramatiker sprach aus, daß nach seiner Ansicht das Vertrauen der Bevölkerung in die Führung nur wiederhergestellt werden könne, wenn eine gewisse Freiheit der Diskussion und der Äußerungen erlaubt werde, in der Art wie sie, bis zu einem gewissen Grade, bisher in der von Nasser begünstigten Zeitung »Al-Ahram« unter ihrem Chefredakteur Hassanein Heikal möglich gewesen sei. Der Brief wurde anläßlich der Ernennung Heikals zum Informationsminister geschrieben, die al-Hakim nicht billigte, weil er befürchtete, dieser Schritt würde die Gleichschaltung von »Al-Ahram« bedeuten. Der Dramatiker selbst gehörte zu den Mitarbeitern der Zeitung. Der Brief, den der Dichter später veröffentlicht hat, wurde durch den Schwiegersohn Nassers, Hatem Sadek, übermittelt, der ebenfalls zu den Mitarbeitern der Zeitung gehörte.

Die Folge dieses Versuches, mit dem von al-Hakim durchaus anerkannten und lange Zeit verehrten »Rais« in Kontakt zu treten, war eine langwierige Untersuchung durch die wegen ihren sadistischen Foltermethoden gefürchteten Geheimdienste Nassers und die Gefangensetzung von vier Personen, denen die Inquisitoren vorwarfen, sie hätten das Schreiben im voraus gekannt. Die vier wurden ohne richterliche Verfügung und während sechs Monaten festgehalten. Al-Hakim, der seines Alters und Ruhmes wegen dem Kerker entkam, hat später, nach dem Tode Nassers und der Liberalisierung in den ersten Jahren der Herrschaft Sadats, den Brief, die Verhörprotokolle und Auszüge aus seinen früheren politischen Werken sowie Kommentare zu der ganzen Angelegenheit veröffentlicht *(Dokumente auf dem Weg zur Rückkehr des Bewußtseins, 1975)*. Er stellte die Forderung auf, daß die Dossiers der Nasserzeit geöffnet und Klarheit darüber geschaffen werde, was wirklich geschehen war. Al-Hakim jedoch weist auf das Zentralproblem hin, den »Personenkult« und die absolute Herrschaft einer Person. Die beide übrigens über Nasser hinaus fortbestanden. »Natürlich bin ich verantwortlich«, sagt der Dramatiker an einer Stelle, »ich schuldige mich selbst an, weil ein freier Denker nichts hätte schreiben und sagen sollen, was dazu beitrug, daß ein abgöttisch verehrter Führer aufstand.« Was ihn verführt habe, so fährt al-Hakim fort, sei die Tatsache gewesen, daß die Revolution Nassers zum ersten Mal seit 30 Jahren eine Politik einleitete, die »Inhalte« hatte. Dazu kam, daß sie einige der Dinge auszuführen schien, die er selbst zuvor auf Papier geschrieben habe (S. 59 der arabischen Ausgabe von 1975). Man sieht, von einem »Elfenbeinturm« kann nicht wirklich die Rede sein. Im Gegenteil: al-Hakim wagt es, Dinge auszusprechen, die in Ägypten bis auf den heutigen Tag nicht klargestellt worden sind, und er unterschreibt die eine Hauptforderung, ohne deren Erfüllung das Land vermutlich von einem »abgöttisch verehrten Führer« zum nächsten wird schwanken müssen: Gedankenfreiheit. In dieser Hinsicht ist der heutige große Meister der ägyptischen Literatur ein Rufer in der Wüste geblieben. Die Wüste ist dadurch geschaffen worden, daß das Land eigentlich nur zur Zeit der kolonialen Herrschaft der Engländer ein gewisses Maß an Freiheit des gedruckten Wortes gekannt hat; seither nicht mehr, weder unter Nasser noch unter seinen Nachfolgern. Heute ist es soweit, daß eine jüngere Generation den Begriff der Gedankenfreiheit kaum mehr zu kennen und zu verstehen scheint.

Von all diesen Problemen der heutigen Zeit ist in dem hier vorgelegten Roman al-Hakims aus den dreißiger Jahren wenig zu verspüren. Dennoch hat er seine Aktualität. Es ist ein Roman über die Fellachen, die Bauern auf dem ägyptischen Lande. Seinen Hauptinhalt weist der Gegensatz aus, der zwischen dem modern ausgebildeten Ägypter, den als modern geltenden Verwaltungsvorschriften, die im Lande der Fellachen durchgesetzt werden sollen, und zwischen dem Empfinden und Verhalten der Fellachen besteht. Dieser

Gegensatz dauert heute wie gestern an. Vielleicht ist die Kluft etwas enger geworden; das Elend der Landbevölkerung hat abgenommen. Zudem besucht ein großer Teil ihrer Kinder die Schulen, während andererseits die Beamten heute ohne Zweifel bedeutend schlechter dran sind, als sie damals waren und schon aus diesem Grunde manchmal vom hohen Roß ihrer Stellung und der Vorschriften hinabsteigen müssen, was dann freilich oft dazu führt, daß sie begehrlich die Hand nach Bestechungsgeldern ausstrecken.

Jedenfalls ist die Kluft auch heute noch da. Die erdgebundene Lebensweise der ägyptischen Bauern hat sich nur ganz langsam verändert, so langsam, daß ein oberflächlicher Beobachter versucht sein könnte zu glauben, ihr Leben stehe seit undenklichen Zeiten still. Was freilich dann doch nicht der Fall ist: Landreform, bessere Gesundheitsdienste, Schulen, aber auch Überbevölkerung, neue Anbaumethoden und Feldfrüchte, darunter der Reis, den man heute dank des Hochdammes von Assuan anbauen kann, haben ihre Wirkung ausgeübt und Veränderungen hervorgerufen. Viele Fellachen sitzen heute auf Traktoren. Andere aber sind ausgewandert nach Saudi-Arabien, nach Libyen, nach dem fernen Jemen sogar, um in den arabischen Erdölstaaten ihren Lebensunterhalt zu suchen. Sie fliegen im Flugzeug hin und her zwischen Ägypten und ihren neuen Arbeitsplätzen. Greise, Frauen und Kinder bleiben zuhause. Zuhause spielen sich freilich noch immer »biblische« Szenen ab, die heute wie ehemals ihren gewaltsamen und grausamen Hintergrund haben, wie ihn al-Hakim in seinem »Tagebuch eines stellvertretenden Staatsanwaltes auf dem Lande« (so lautet der Titel des arabischen Originals) schildert, bedauert, aber machtlos an sich vorüberziehen lassen muß. Immerhin kann er Worte gebrauchen, um darzulegen, was er sieht und erlebt. In Worten die Wirklichkeit um ihn herum aufzurufen und zu umschreiben, als ihr Zeuge dazustehen, ohne ihre Vielschichtigkeit und Komplexität aus den Augen zu verlieren, dies ist bis auf die heute Zeit die eigentliche Lebensaufgabe des damaligen Stellvertretenden Staatsanwaltes geblieben.

Taufiq al-Hakim: Werke

T = Theaterstück, R = Roman

Die Leute aus der Höhle (T, 1933) – Rückkehr der Seele (R, 1933) – Scheherasade (T, 1934) – Muhammad (T, 1936) – Tagebuch eines Staatsanwalts auf dem Lande (R, 1937) – Vogel aus dem Osten (R, 1938) – Unter der Sonne des Denkens (R, 1938) – Der Pakt mit dem Teufel (13 Erzählungen, 1938) – Ashab (1938) – Mein Esel sagte mir ... (1938) – Praxagora oder das Problem der Herrschaft (T, 1939) – Die Tempeltänzerin (R, enthält daneben die Erzählung 'Die Bauchtänzerinnen', 1939) – Das Hohelied (1940) – Der Esel von al-Hakim (1940) – Der Herrscher der Finsternis (5 Erzählungen, 1941) – Vom Elfenbeinturm aus ... (1941) – Unter der grünen Lampe (1942) – Pygmalion (T, 1942) – Salomo, der Weise (T, 1943) – Blume des Lebens (Briefe aus Ägypten an Andreas in Frankreich, 1943) – Das heilige Band (R, 1944) – Baum der Regierung/Im Jenseits/Im Diesseits (1945) – König Ödipus (T, 1949) – Gesammelte Theaterstücke (21 kürzere Theaterstücke, 1950) – Die Kunst der Literatur (1952) – Gerechtigkeit und Kunst (1953) – Zeig mir Gott (18 Kurzgeschichten, 1953) – Der Stab von al-Hakim (1954) – Die sanften Hände (T, 1954) – Betrachtungen über die Politik (1954) – Ausgeglichenheit (1955) – Theaterstücke verschiedener Art (21 kürzere Theaterstücke, 1956) – Isis (T, 1955) – Der Geschäftsabschluß (T, 1956) – Das Spiel des Todes – oder der Tod und die Liebe (T, 1957) – Die Fahrt nach morgen (utopischer Roman, 1957) – Die Dornen des Friedens (T, 1957) – Der verwirrte Sultan (T, 1960) – Der Baum (T, 1962) – Nahrung für jedermann (T, 1963) – Die Frühlings- und Herbstreise (Die Frühlingsreise/Die Jagd/Der Zug, 1964) – Gefängnis des Lebens (Betrachtungen über sein eigenes Leben, 1964) – Sonne des Tages (T, 1965) – Schicksal einer Kakerlake (T, 1966) – Das Verhängnis (T, 1966) – Die Hochzeitsnacht (11 Erzählungen, die auf wahre Begebenheiten gründen, 1966) – Unsere Form des Theaters (1967) – Bank der Unruhe (1971) – Sitz der Gerechtigkeit (3 kürzere Theaterstücke, 1972) – Die Esel (Dialoge, 1972) – Mein Esel und die Frauenpartei (geschr. 1945, 1973) – Mein Esel und die Friedenskonferenz (1973) – Die unbekannte Welt (T, 1973) – Die Welt ist eine Komödie (3 kürzere Theaterstücke, 1974) – Gespräch mit dem Stern (1974) – Rückkehr des Bewußtseins (Politische Betrachtungen über die Jahre 1962–1972, 1974) – Dokumente auf dem Weg zur Rückkehr des Bewußtseins (1975) – Die Frau und der Mönch (2 Erzählungen, 1975) – Eine Auswahl vom Tafsir des Qurtubi, dem Sammler der Korangesetze (1977)

Übersetzungen (Auswahl)

Tagebuch eines Staatsanwalts auf dem Lande (= Staatsanwalt unter Fellachen) wurde übersetzt ins Deutsche, Französische, Englische, Spanische, Schwedische, Russische, Rumänische, Hebräische.
Rückkehr der Seele (Paris 1937, London 1942). Der Vogel aus dem Osten (Paris 1946, englisch: Beirut 1955). Théâtre Arabe (Paris 1950). Théâtre Multicolore (Paris 1954). Théâtre de Notre Temps (Paris 1960). Fate of a Cockroach and other plays (London 1977). The Tree-Climber (London 1966). Souvenirs d'un Magistrat-Poète (Paris 1961). Von Wunder, heller Verwunderung und von denen, die es mit Himmel und Hölle halten (Berlin 1976). Der Zug (in: Armant, Deutsch-Arabische Kulturzeitschrift, Köln 16/1977).

Unionsverlag

Al Imfeld (Hg.)
Verlernen, was mich stumm macht - Lesebuch zur afrikanischen Kultur
Afrika auf der Suche nach seiner eigenen Stimme und Sprache - dieser Prozeß wird in seiner ganzen Vielfalt und Widersprüchlichkeit dokumentiert. Texte von über 70 Autoren - an der Arbeit und in der Debatte. 320 S., 29,80

Al Imfeld
Vision und Waffe - Afrikanische Autoren, Themen, Traditionen
Diese Essays sind mehr als nur Autorenporträts, sie geben Einblick in die Grundthemen, Motivkreise und literarischen Konzeptionen, aber auch in die Gegenwartsprobleme des Kontinents, wie sie sich in seiner Wortkultur niederschlagen. 360 Seiten, 29,80

René Philombe
Bürgerklage
Die Gedichte belegen, warum Philombe ein »Dichter der Revolte und der Humanität« genannt wurde: Zorn und Zuversicht, Schmerz und Stolz sprechen aus ihnen. 104 Seiten, 12,80

Hilary Ng'weno
Der Mann aus Pretoria
Ein Thriller aus Afrika. »Da wird nicht politisiert, da läuft Aktion ab. Das unmenschliche Apartheid-System steht im Hintergrund gewissermasen selbstverständlich am Pranger. Davor knistert afrikanische Gegenwart.« (Deutsches Allgemeines Sonntagsblatt). 140 Seiten, 9,80

Roger Mais
Bruder Mensch
Um John Powers, den Flickschuster und Rastafari, dreht sich dieser Roman über das Leben im Slum von Kingston, Jamaika. Seine Gassen in ihrem Strudel von Überlebenskampf und Elend, von Liebe und Totschlag, kleinen Gaunereien, hochfliegenden Träumen und enttäuschten Hoffnungen werden zum menschlichen Universum. 240 Seiten, 14,80

Gil Tucker
Teer und Tempel
Das brutalisierte Leben im Slum, die Suche nach der Identität, der Kampf gegen Armut und Unwissenheit - diese Grundprobleme Jamaikas werden in Gil Tuckers Texten verarbeitet, oft lyrisch gebrochen, dann wieder in direkten Szenen und Essays. 128 Seiten, 13,80

Yaşar Kemal
Memed, mein Falke
Memed, der Bauernsohn, wird zum Räuber, Rebellen und Rächer des Volkes. In der Türkei wird dieser Roman in den Cafés vorgelesen, wandernde Sänger erzählen ihn nach. 340 Seiten, 28,00

Yaşar Kemal
Die Ararat Legende
Mit der Klarheit und dem Reichtum der traditionellen Volkssage erzählt Kemal eine Legende aus dem Ararat-Gebiet. Sie wird ihm zur Parabel politischer Hoffnung, aber auch menschlichen Unvermögens. 160 S., 22,80

Dialog Dritte Welt

Im deutschsprachigen Raum ist in den vergangenen Jahren das Interesse an den Kulturen der Völker der Dritten Welt erheblich gewachsen. Auch das Bedürfnis nach Information und die Einsicht, daß wir die Menschen aus Asien, Afrika und Lateinamerika selbst zu Wort kommen lassen müssen, hat zugenommen. Dabei wird der Tatsache, daß in diesen Ländern eine Literatur geschrieben wird, die literarisch anspruchsvoll und spannend zugleich ist, auf unserem Buchmarkt noch längst nicht genügend Rechnung getragen.

Entsprechend ihrer verlegerischen Konzeption und ihrer langjährigen Tradition bei der Herausgabe von Literatur aus der Dritten Welt haben sich der Lamuv Verlag, der Peter Hammer Verlag und der Unionsverlag entschlossen, gemeinsame Sache zu machen. Unser Ziel ist es, im Laufe der nächsten fünf Jahre mit vierzig Titeln eine Bibliothek von Weltliteratur aus Afrika, Asien und Lateinamerika zusammenzustellen. Jedes Buch der Reihe, ob Roman, Sachbuch, Lyrik- oder Kurzgeschichtenanthologie soll ein realistisches Bild der sozialen und politischen Lage des Landes und seiner Menschen vermitteln. Und das Leseabenteuer, die literarischen Entdeckungsreisen in Kontinente und Kulturen sollen nicht mehr an hohen Ladenpreisen scheitern. Deshalb erscheinen alle Titel dieser Reihe als Taschenbücher. Die Zielsetzung, eine preiswerte, langfristig geplante und repräsentative Auswahl dieser Literatur einem breiten Leserkreis zugänglich zu machen, ist für die drei Verlage mit erheblichen Risiken und finanziellem Aufwand verbunden. Deshalb bitten wir um Ihre Mithilfe und bieten die Reihe zum Abonnement an. Die Abonnenten erhalten als Dank für ihr Engagement jährlich kostenlos eine Langspielplatte mit Musik aus jeweils einem der drei Kontinente.

Um die Bücher der Reihe DIALOG DRITTE WELT auf allen Ebenen der Bildungsarbeit besser handhabbar zu machen, erscheint parallel das Materialheft »Dialog Dritte Welt«. Es gibt Anregungen und Anleitungen für den Gebrauch der Bücher, beschäftigt sich mit den Hintergründen ihrer Handlung, gibt zusätzliche Information zu den Autoren. Den Abonnenten der Reihe wird es kostenlos mitgeliefert.

Eine Initiative der Verlage

Lamuv Verlag · Peter Hammer Verlag
Unionsverlag